La autora estadounidense NINA LACOUR es conocida por sus novelas *young adult*. Es autora de *¿Estamos okey? Un verano para recordar, Todo me lleva a ti* y *Solo tú me conoces*, entre otros títulos. Con *Yerba buena* empezó a explorar la literatura adulta.

Papel certificado por el Forest Stewardship Council®

Título original: *We Are Okay*

Primera edición en B de Bolsillo: mayo de 2023

Printed in Spain – Impreso en España

ISBN: 978-84-1314-676-8
Depósito legal: B-5.764-2023

Impreso en Liberdúplex
Sant Llorenç d'Hortons (Barcelona)

BB 4 6 7 6 8

¿Estamos okey?

Un verano para recordar

NINA LACOUR

Traducción de Amanda Sucar Warrener

Para Kristyn, ahora más que nunca,
y en memoria de mi abuelo, Joseph LaCour,
por siempre en mi corazón

capítulo uno

Antes de irse, Hannah me preguntó si estaba segura de que me encontraría bien. Ya había esperado una hora después de que cerraran las puertas por las vacaciones de invierno, hasta que todos, excepto los cuidadores, se habían ido. Había doblado una carga de ropa, escrito un correo electrónico y buscado en su enorme libro de psicología las respuestas a las preguntas del examen final para ver si las había respondido bien. Ya había agotado los pretextos para matar tiempo, así que cuando dije: "Sí, estaré bien", no tuvo más alternativa que intentar creerme.

Le ayudé a cargar una maleta a la planta baja. Me dio un abrazo, fuerte y oficial, y dijo:

—Regresamos de casa de mi tía el 28. Alcánzanos en tren y vamos a algunos espectáculos.

Yo dije que sí, sin saber si de verdad tenía intención de hacerlo. Cuando volví a nuestra habitación, descubrí un sobre sellado sobre mi almohada.

Y ahora estoy sola en el edificio, mirando fijamente mi nombre escrito con la hermosa letra cursiva de Hannah, sin dejar que este diminuto objeto me destruya.

Tengo algo con los sobres, supongo. No quiero abrirlo. De hecho, ni siquiera quiero tocarlo, pero me digo a mí misma que sólo es algo lindo. Que es una tarjeta de Navidad, quizá con un mensaje especial dentro, quizá con nada más que una firma. Lo que sea, será inofensivo.

Los dormitorios estarán cerrados durante un mes por las vacaciones del semestre, pero mi tutor me ayudó a hacer arreglos para quedarme. A la administración no le hizo gracia. "¿No tienes *algún* familiar?", preguntaban una y otra vez. "¿O amigos con quienes puedas quedarte?" "Aquí es donde vivo ahora", les dije. "Donde viviré hasta que me gradúe." Finalmente, se dieron por vencidos. Hace un par de días apareció debajo de mi puerta una nota de la gerente de Servicios Residenciales, donde afirmaba que el encargado de mantenimiento estaría aquí en las vacaciones y me daba sus datos. "Cualquier cosa", escribió. "Ponte en contacto con él si necesitas cualquier cosa."

Cosas que necesito: el sol de California y una sonrisa más convincente.

Sin las voces de todos, los televisores en las habitaciones, el agua que corre en los lavabos y los inodoros que descargan, los zumbidos y timbrados de los microondas, los pasos y las puertas que se azotan —sin todos los sonidos de la vida cotidiana—, este edificio es un lugar nuevo y extraño. Llevo tres meses aquí y no había notado el sonido del calentador hasta ahora.

Hace clic al encender: emite una ráfaga de calor.

Esta noche estoy sola. Mañana llegará Mabel y se quedará tres días. Luego estaré sola de nuevo hasta mediados de enero. "Si *yo* pasara un mes sola", dijo Hannah ayer, "comenzaría a practicar la meditación. Está clínicamente comprobado que disminuye la presión arterial y aumenta la actividad del cerebro. Incluso ayuda a tu sistema inmunológico". Unos minutos después, sacó un libro de su mochila. "Lo vi en la librería el otro día. Puedes leerlo tú primero, si quieres."

Lo aventó a mi cama. Una colección de ensayos sobre la soledad.

Sé por qué siente temor por mí. Aparecí por primera vez en el umbral de esta puerta dos semanas después de que falleció mi abuelo. Entré —como una desconocida aturdida y salvaje— y ahora soy alguien a quien conoce, y necesito seguir siéndolo. Por ella *y* por mí.

Apenas una hora después ya sentía la primera tentación: la calidez de mi cama y mis cobijas, mis almohadas y la manta de pelo falso que dejó la mamá de Hannah después de una visita de fin de semana. Todas me dicen: "Métete. Nadie sabrá si te quedas en cama todo el día. Nadie sabrá si usas los mismos pants todo el mes, si siempre comes frente al televisor o si usas tus camisetas como servilletas. Adelante, escucha la misma canción una y otra vez hasta que su sonido se convierta en nada y el invierno se acabe mientras duermes".

Sólo tengo que sobrevivir la visita de Mabel y luego todo esto podría ser mío. Podría revisar Twitter hasta que se me nuble la vista y luego colapsar en mi cama como un personaje de Oscar Wilde. Podría conseguir una botella de whisky (aunque le prometí a mi abue que no lo haría) y dejar que me haga resplandecer, dejar que las orillas de la habitación se suavicen, dejar que los recuerdos salgan de sus jaulas.

Quizá lo oiría cantar de nuevo, si todo lo demás se callara.

Pero eso es de lo que quiere salvarme Hannah.

La colección de ensayos es color índigo. Pasta blanda. La abro en el epígrafe, una cita de Wendell Berry: "En el círculo de lo humano estamos agotados por esforzarnos y no tenemos descanso". Mi círculo particular de lo humano cambió el frío mordaz por las casas de sus padres, por chimeneas chispeantes o por viajar a destinos tropicales donde posarán en bikinis y gorros de Santa para desearles una feliz Navidad a sus amigos. Yo haré mi mejor esfuerzo por confiar en el señor Berry y pensar en su ausencia como una oportunidad.

El primer ensayo es sobre la naturaleza. Es de un escritor que no conocía y que utiliza varias páginas para describir un lago. Por primera vez en mucho tiempo me relajo con una descripción de escenario. Habla de las ondas en la superficie, el reflejo de la luz en el agua, las piedritas en la orilla. Luego pasa a la flotabilidad y la ingravidez, cosas que comprendo. Podría soportar el frío de afuera si tuviera la llave de la alberca techada. Me sentiría mucho mejor si pudiera comenzar y terminar cada día de este solitario mes nadando. Pero no puedo. Así que continúo leyendo. El autor sugiere que pensemos en la naturaleza como una forma de estar solos. Dice que los lagos y los bosques residen en nuestra mente. "Cierra los ojos", dice, "y ve ahí".

Cierro los ojos. El calentador se apaga. Espero a ver qué me llena.

Aparece lentamente: arena. Pasto de playa con un poco de vidrio pulido por el mar. Gaviotas y correlimos. El sonido y luego, *más rápido,* la visión de las olas que rompen, retroceden, desaparecen en el océano y el cielo. Abro los ojos. Es demasiado.

La luna parece una pequeña muesca brillante frente a mi ventana. Mi lámpara de escritorio, que ilumina un trozo de papel, es la única luz encendida en las cien habitaciones que hay en este edificio. Estoy haciendo una lista para cuando Mabel se vaya:

leer el New York Times *en línea cada mañana*
comprar comida
preparar sopa
tomar el autobús para ir al distrito comercial / la biblioteca / el café
leer sobre la soledad
meditar
ver documentales
escuchar podcasts
encontrar música nueva…

Lleno la tetera eléctrica en el lavabo del baño y luego me preparo una sopa instantánea de tallarines. Mientras como, descargo un audiolibro sobre meditación para principiantes. Le pongo *play*. Mi mente divaga.

Más tarde, intento dormir, pero los pensamientos no cesan. Todo se mezcla: Hannah hablando sobre meditación y espectáculos de Broadway. El encargado de mantenimiento y si necesitaré algo de él. Mabel apareciendo aquí de alguna manera, donde ahora vivo, entrando en mi vida de nuevo. Ni siquiera sé cómo lograré formular la palabra "hola". No sé qué haré con mi rostro: si seré capaz de sonreír o incluso si debería. Y en medio de todo esto está el calentador, que se enciende y se apaga con un ruido cada vez más fuerte cuando más cansada me siento.

Enciendo mi lámpara de noche y tomo el libro de ensayos.

Podría intentar el ejercicio nuevamente y permanecer en tierra firme esta vez. Recuerdo secuoyas tan monumentales que se requerían cinco de nosotros, adultos con los brazos estirados, para rodear sólo una de ellas. Debajo de los árboles había helechos, flores y tierra húmeda y negra. Pero no confío en que mi mente se quede en ese bosquecillo de secuoyas. En este momento, afuera y cubiertos de nieve, hay árboles que nunca he abrazado. En este lugar, mi historia se remonta tres meses atrás. Comenzaré aquí.

Salgo de la cama, me pongo unos pants sobre las mallas y un suéter grueso de cuello de tortuga. Arrastro la silla del escritorio a la puerta y luego a lo largo del pasillo hasta el elevador, donde presiono el botón para subir al último piso. Cuando se abren las puertas, cargo la silla hacia la enorme ventana arqueada de la torre, donde siempre hay silencio incluso cuando los dormitorios están llenos. Ahí me siento con las palmas sobre las rodillas y las plantas de los pies sobre la alfombra.

Afuera está la luna, las siluetas de los árboles, los edificios del campus, las luces que salpican el camino. Todo esto es mi hogar ahora y seguirá siéndolo después de que Mabel se vaya. Estoy absorbiendo la quietud que hay en ello, la verdad innegable. Me arden los ojos, se me cierra la garganta. Si tan sólo tuviera algo para quitarle el filo a la soledad. Si al menos "soledad" fuese una palabra más precisa. No debería sonar tan bonito. Sin embargo, es mejor enfrentarlo ahora para que no me sorprenda después, para no paralizarme y volverme incapaz de sentir el camino de vuelta a mí misma.

Inhalo. Exhalo. Mantengo los ojos abiertos para estos nuevos árboles.

Sé dónde me encuentro y lo que significa estar aquí. Sé que Mabel vendrá mañana, me guste o no. Sé que siempre estoy sola, incluso cuando estoy rodeada de gente, así que dejo entrar la sensación de vacío.

El cielo es del azul más oscuro, cada estrella es clara y brillante. Mis palmas se sienten cálidas sobre mis piernas. Existen muchas formas de estar solo. Eso es algo que sé. Inhalo (estrellas y cielo). Exhalo (nieve y árboles).

Hay muchas formas de estar solo y la última vez no fue así.

La mañana se siente distinta.

Dormí casi hasta las diez, cuando oí la camioneta del encargado de mantenimiento en la entrada, justo debajo de mi habitación, que vino a quitar la nieve. Ya estoy bañada y vestida, y por mi ventana entra la luz del día. Elijo una lista de reproducción y conecto las bocinas de Hannah a mi computadora. Pronto el rasgueo de una guitarra acústica llena la habitación, seguido de la voz de una mujer. Con la tetera eléctrica en mano, mantengo la puerta entreabierta y camino al lavabo del baño. La canción me sigue al doblar la esquina del pasillo. También dejo la puerta del baño abierta. Mientras sea su única habitante, debería sentirme más dueña de estos espacios.

La tetera se llena de agua. Miro mi reflejo mientras espero. Intento sonreír como debería hacerlo cuando llegue Mabel. Una sonrisa que exprese tanto bienvenida como arrepentimiento. Una sonrisa que signifique algo, que exprese todo lo que necesito decirle para no tener que elegir las palabras correctas. Cierro el grifo.

De regreso en mi habitación, conecto la tetera y levanto el tazón amarillo de donde lo dejé a secar anoche. En él sirvo granola y toda la leche que queda en el diminuto refrigerador, que apenas cabe entre el escritorio de Hannah y el mío. Esta mañana tomaré mi té del desayuno sin leche.

En siete horas y media llega Mabel. Cruzo el umbral de la puerta para ver la habitación como la verá ella. Afortunadamente, Hannah le ha dado un poco de color, pero toma sólo un momento notar el contraste entre su lado y el mío. Además de mi planta y los tazones, hasta mi escritorio está vacío. Vendí todos los libros de texto del semestre pasado hace dos días y en verdad no quiero que vea el libro sobre la soledad. Lo desaparezco en mi armario —hay bastante espacio— y, cuando miro atrás, me enfrento a la peor parte: mi pizarrón de corcho sin usar. Tal vez no pueda hacer mucho por mi sonrisa, pero puedo hacer algo por esto.

He estado en suficientes dormitorios como para saber qué hacer. He pasado bastante tiempo mirando la pared de Hannah. Necesito citas de canciones, libros y celebridades. Necesito fotos y recuerdos, boletos de conciertos, evidencias de bromas internas. No tengo la mayoría de estas cosas, pero puedo hacer mi mejor esfuerzo con plumas, papel y la impresora que compartimos Hannah y yo. Hay una canción que hemos estado escuchando en las mañanas. Escribo el coro de memoria con tinta violeta, luego corto el papel en forma de cuadrado alrededor de las palabras.

Paso un largo tiempo en línea eligiendo una foto de la luna.

Keaton, que vive a dos puertas, nos ha estado enseñando todo sobre los cristales. Tiene una colección en la repisa de su ventana, que siempre brilla con la luz. Encuentro el blog de una mujer llamada Josephine que explica las propiedades curativas de las piedras preciosas y cómo utilizarlas. Descubro imágenes de pirita (para obtener protección), hematita (para conectarse con la tierra) y jade (para alcanzar la serenidad). Nuestra impresora a color hace chasquidos y zumbidos.

Me arrepiento de haber vendido mis libros de texto tan pronto. Tenía notas adhesivas y garabatos borrosos a lápiz en muchas de las páginas. En historia aprendimos sobre el movimiento de Artes y Oficios, y había muchas ideas que me gustaban. Busco a William Morris y leo ensayo tras ensayo para encontrar las citas que más me gustan. Copio algunas, utilizo un color diferente para cada una. También las imprimo, en diferentes fuentes, en caso de que se vean mejor impresas. Busco una secuoya que se parezca a las de mis recuerdos y termino viendo un minidocumental sobre los ecosistemas de secuoyas, en el que aprendo que durante el verano los bosques de secuoyas en California recolectan la mayor parte del agua de la neblina y proveen de hogar a las salamandras nubladas, que no tienen pulmones y respiran a través de la piel. Presiono "imprimir" en la foto de una salamandra nublada sobre un musgo verde brillante; una vez que la impresora se detiene, creo que ya tengo suficiente.

Tomo prestado un puñado de las tachuelas de Hannah y acomodo todo lo que imprimí y escribí, luego doy un paso atrás y lo observo. Todo está demasiado flamante, demasiado nuevo. Todos los papeles son del mismo blanco. No importa que las citas sean interesantes ni que las fotos sean bonitas. Se ve desesperado.

Y ahora son casi las tres y he perdido estas horas y es difícil respirar porque las seis y media ya no es un futuro tan lejano. Mabel me conoce mejor que nadie en el mundo, a pesar de que no hemos hablado para nada los últimos cuatro meses. Casi todos los mensajes de texto que me envió se quedaron sin respuesta hasta que terminó por dejar de mandarlos. No sé cómo es su vida en Los Ángeles. No conoce el nombre de Hannah ni qué clases he tomado ni si he estado durmiendo. Pero con una mirada a mi rostro le bastará para saber cómo estoy. Quito todo del corcho y llevo los papeles por el pasillo al baño de la otra ala, donde los desparramo en el basurero.

No hay manera de engañarla.

Las puertas del elevador se abren, pero no entro.

No sé por qué nunca antes me habían preocupado los elevadores. Ahora, a plena luz del día, con la llegada de Mabel tan cerca, me doy cuenta de que si uno se descompusiera, si me quedara atorada adentro sola, si mi teléfono no tuviera señal y no hubiera nadie del otro lado del botón de auxilio, estaría atrapada por un largo tiempo antes de que el encargado de mantenimiento pensara en venir a echarme un ojo. Serían días, al menos. Mabel llegaría y nadie le abriría. Golpearía con fuerza la puerta y ni siquiera la oiría. Finalmente, regresaría a su taxi y esperaría en el aeropuerto hasta encontrar un vuelo a casa.

Le parecería casi predecible. Que la decepcionara. Que me negara a ser vista.

Así que observo cómo se cierran las puertas y me dirijo a las escaleras.

El taxi que llamé espera afuera, con el motor encendido, mientras yo aplasto el hielo para hacer una especie de caminito desde el vestíbulo del dormitorio, agradecida por el par de botas de repuesto de Hannah, que me quedan sólo un poco apretadas y que me obligó a usar cuando cayó la primera nevada. ("No tienes *idea*", me dijo.)

El taxista sale para abrirme la puerta. Yo asiento con la cabeza a modo de agradecimiento.

—¿A dónde? —pregunta una vez que ambos estamos a bordo con la calefacción a todo lo que da, respirando el aire que huele a agua de colonia y café rancio.

—Al supermercado Stop and Shop —le digo. Son mis primeras palabras en veinticuatro horas.

Las luces fluorescentes del supermercado, todos los compradores y sus carritos, los bebés llorando, la música de Navidad…, todo sería demasiado si no supiera con exactitud qué comprar. Pero la parte de las compras es sencilla. Palomitas de microondas con sabor mantequilla extra. Palitos de pretzel delgados. Trufas de chocolate con leche. Chocolate caliente instantáneo. Agua mineral con sabor a toronja.

Cuando regreso al taxi, llevo tres bolsas pesadas llenas de comida, suficiente para una semana, aunque ella sólo estará aquí tres días.

La cocina común está en el segundo piso. Yo vivo en el tercero y nunca la he utilizado. Me la imagino como un lugar donde las chicas que pertenecen a un club hornean pastelitos de chocolate para noches de película, o un punto de reunión para grupos de amigos que de vez en cuando tienen ganas de cocinar para descansar del comedor. Abro el refrigerador y me encuentro con que está vacío. Seguramente lo limpiaron para las vacaciones. Las instrucciones indican que debemos etiquetar todos nuestros productos con iniciales, número de habitación y fecha. Aunque soy la única aquí, tomo un plumón y cinta adhesiva. Pronto la comida etiquetada con mis iniciales llena dos de las tres repisas.

Arriba, en mi habitación, reúno los refrigerios sobre el escritorio de Hannah. Se ve abundante, justo como lo esperaba. Y luego mi teléfono timbra con un mensaje de texto.

"Estoy aquí."

No son ni las seis de la tarde —aún debería tener al menos media hora— y no puedo evitar torturarme al ver todos los mensajes que Mabel envió antes de éste. Para preguntar si estoy bien. Para decir que ha pensado en mí. Para preguntar dónde demonios estoy, si estoy enojada, si podemos hablar, si puede visitarme, si la extraño. "¿Recuerdas Nebraska?", dice uno de ellos, una referencia a un plan que nunca tuvimos intención de llevar a cabo. Continúan y continúan, una serie de mensajes sin responder que me asaltan con culpa, hasta que el teléfono que suena en mi mano me saca del trance.

Me sobresalto, contesto.

—Hola —dice. Es la primera vez que escucho su voz desde que sucedió todo—. Estoy abajo y hace un frío de la fregada. ¿Me dejas entrar?

Y luego estoy en la puerta del vestíbulo. Sólo nos separa la puerta de cristal y mi mano temblorosa, que se acerca a abrirla. Toco el metal y hago una pausa para mirar a Mabel. Está soplando en sus manos para calentarlas. Mira hacia el lado opuesto a mí. Y luego voltea y nuestros ojos se encuentran y no sé cómo pensé que podría sonreír. Apenas puedo girar el cerrojo.

—No sé cómo alguien puede vivir en un lugar tan frío —dice mientras jalo la puerta para abrirla y ella entra. También está helando aquí abajo.

—Mi habitación es más caliente —digo.

Tomo una de sus maletas con cuidado para que nuestros dedos no se toquen. Agradezco su peso mientras subimos en el elevador.

Caminamos en silencio a lo largo del pasillo y llegamos a mi puerta. Una vez adentro, baja su maleta y se quita el abrigo moviendo los hombros.

Aquí está Mabel, en mi habitación, a casi cinco mil kilómetros de donde solía ser mi hogar.

Mira los refrigerios que compré. Cada uno de ellos es algo que le encanta.

—Entonces —dice—, supongo que está bien que haya venido.

capítulo dos

Finalmente, Mabel ha entrado en calor. Avienta su gorro sobre la cama de Hannah y se quita la bufanda roja y amarilla. La familiaridad de esos dos objetos me incomoda. Toda mi ropa es nueva.

—Te obligaría a darme un recorrido, pero no hay manera de que vuelva a salir —dice.

—Sí, perdón por eso —le digo, todavía pensando en su bufanda y gorro. ¿Seguirán siendo tan suaves como antes?

—¿Te estás disculpando por el clima? —pregunta alzando las cejas en tono de broma, pero como no se me ocurre nada ingenioso que responder, su pregunta flota en la habitación, como un recordatorio de la disculpa que vino a buscar en realidad.

Cuatro mil ochocientos kilómetros son un largo camino que recorrer para escuchar a alguien disculparse.

—¿Cómo son tus profesores?

Por suerte, logro contarle de mi profesor de historia, que dice groserías durante las clases, conduce una motocicleta y parece alguien a quien conocerías en un bar, no en un aula.

Hablar de esto no me hace una gran conversadora, pero al menos no me siento inadecuada.

—Al principio pensaba que todos mis profesores eran célibes —le digo. Ella ríe. *La hice reír* —. Pero luego conocí a este tipo y destrozó la ilusión.

—¿En qué edificio es su clase? Podemos hacer un recorrido desde la ventana.

Me da la espalda cuando se asoma a ver mi escuela. Me tomo un momento demasiado largo antes de unirme a ella.

Mabel.

En Nueva York. En mi habitación.

Afuera, la nieve cubre el suelo y las bancas, el toldo de la camioneta del encargado de mantenimiento y los árboles. Las luces de los caminos brillan aunque no hay nadie aquí. Así se ve aún más vacío. Tanta luz para tanta quietud.

—Allá —señalo a través de la noche el edificio más lejano, apenas iluminado.

—¿Y dónde es tu clase de literatura?

—Justo aquí —apunto al edificio junto a nosotras.

—¿Qué más estás tomando?

Le muestro el gimnasio donde nado cada mañana e intento, sin éxito, dominar el estilo mariposa. También nado de noche, pero no le cuento eso. La alberca siempre está a veintiséis grados. Zambullirse se siente como sumergirse en la nada, no como el choque helado que siempre he conocido. No hay olas tan frías para entumecerme ni tan fuertes para jalarme hacia abajo. Por la noche la alberca es tranquila, doy algunas vueltas y luego sólo floto, miro el techo o cierro los ojos, todos los sonidos se vuelven difusos y distantes, el salvavidas se mantiene alerta.

Eso me ayuda a calmarme cuando comienza el pánico.

Pero cuando es demasiado tarde por la noche, la alberca está cerrada y no puedo detener mis pensamientos y sólo Hannah puede tranquilizarme.

—Acabo de leer algo de lo más interesante —diría desde su cama con el libro de texto sobre el regazo. Y luego me leería sobre las abejas, sobre árboles caducifolios, sobre la evolución.

Por lo general, me toma un momento ser capaz de poner atención. Pero cuando lo hago, descubro los secretos de la polinización, que las alas de las abejas baten doscientas veces por segundo. Que los árboles pierden sus hojas no según la estación, sino según la lluvia. Que antes de todos nosotros había otra cosa. Tarde o temprano algo tomará nuestro lugar.

Aprendo que soy una pieza diminuta en un mundo milagroso.

Me obligo a entender, de nuevo, que estoy en la habitación de un dormitorio universitario. Que lo que sucedió, sucedió. Ya terminó. Me invade la duda, pero para ahuyentarla utilizo nuestras camas individuales, nuestros escritorios y armarios, las cuatro paredes que nos rodean, las chicas de al lado y las de al lado de ellas, el edificio entero y el campus y el estado de Nueva York.

"Somos lo que es real", me digo a mí misma mientras me quedo dormida.

Luego, a las seis de la mañana, cuando abren la alberca, voy a nadar.

Un movimiento me hace regresar. Mabel se acomoda el cabello detrás de la oreja.

—¿Dónde está el comedor? —pregunta.

—No se puede ver desde esta ventana, pero está cruzando el patio de atrás.

—¿Cómo es?

—Decente.

—Me refiero a la gente. El ambiente.

—Bastante relajado. Por lo general me siento con Hannah y sus amigos.

—¿Hannah?

—Mi compañera de habitación. ¿Ves el edificio con el techo puntiagudo? ¿Detrás de esos árboles?

Ella asiente con la cabeza.

—Ahí tomo mi clase de antropología. Tal vez mi favorita.

—¿Ya no es literatura?

Niego.

—¿Por los profesores?

—No, ambos son buenos —le digo—. Todo en literatura es tan... ambiguo, supongo.

—Pero eso es lo que te gusta. Todas las posibilidades de la interpretación.

¿Es cierto eso? No lo recuerdo.

Me encojo de hombros.

—Pero estás estudiando para especializarte en literatura.

—No, ya no tengo especialidad —le digo—. Pero estoy bastante segura de que me voy a cambiar a ciencias naturales.

Creo ver un destello de molestia en su rostro, pero luego me sonríe.

—¿Dónde está el baño? —pregunta.

—Sígueme.

La guío por el pasillo, luego regreso a mi habitación.

De pronto tres días parecen demasiado tiempo. Inconmensurables, todos los minutos que Mabel y yo necesitaremos llenar. Pero entonces veo su bufanda sobre la cama, su gorro a un lado. Los levanto. Son aún más suaves de lo que recordaba y huelen al agua de rosas que Mabel y su mamá rocían por todos lados. Sobre sí mismas y en sus autos. En todas las luminosas habitaciones de su casa.

Me aferro a la bufanda y el gorro y continúo sosteniéndolos incluso cuando oigo aproximarse los pasos de Mabel. Inhalo las rosas, la terrosidad de la piel de Mabel, todas las horas que pasamos en su casa.

Tres días nunca serán suficientes.

—Debo llamar a mis padres —dice Mabel desde la puerta. Dejo sus cosas donde estaban. Si se dio cuenta de que las tomé, no me voy a enterar—. Les envié un mensaje de texto desde el aeropuerto, pero están muy nerviosos por esto. No pararon de darme consejos para conducir en la nieve. "Yo no soy la que va a conducir", les dije.

Se lleva el teléfono a la oreja, pero puedo oír cuando contestan desde el otro lado de la habitación. Las voces de Ana y Javier suenan entusiastas y aliviadas.

La fantasía más breve: *Mabel aparece en el umbral de la puerta y me mira. Se sienta junto a mí en la cama, toma el gorro y lo coloca a un lado. Me quita la bufanda de las manos y la envuelve alrededor de mi cuello. Toma mis manos para calentarlas entre las suyas.*

—Sí —dice—, el avión estuvo bien... No lo sé, era muy grande... No, no sirvieron comida.

Me mira.

—Sí —dice—. Marin está justo aquí.

¿Pedirán hablar conmigo?

—Tengo que ir a ver algo —digo—. Salúdalos de mi parte.

Me escabullo por la puerta y bajo las escaleras a la cocina. Abro el refrigerador. Todo está justo como lo dejé: cuidadosamente etiquetado y acomodado. Podríamos preparar ravioles y pan de ajo, quesadillas con frijoles y arroz a un lado, sopa de verduras, ensalada de espinaca con arándanos deshidratados y queso azul, o chili con carne y pan de maíz.

Me demoro lo suficiente para que Mabel haya colgado cuando regrese a la habitación.

capítulo tres

MAYO

No oí la alarma, me despertó la voz de mi abue desde la sala. Era una canción sobre un marinero que sueña con Marin, su chica marinera. Tenía un ligero acento —había vivido en San Francisco desde los nueve años—, pero cuando cantaba sonaba inequívocamente irlandés.

Tocó a mi puerta, cantó una estrofa a todo volumen justo afuera.

Mi habitación era la del frente, con vista a la calle, mientras que el abuelo ocupaba dos habitaciones en la parte trasera de la casa. Nos separaban la sala, el comedor y la cocina, así que prácticamente podíamos hacer lo que quisiéramos sin miedo a que el otro escuchara. Nunca entraba a mi habitación ni yo a la suya. Eso podría sonar poco amigable, pero no lo era. Pasábamos mucho tiempo juntos en las habitaciones de en medio leyendo en el sofá y el sillón, jugando cartas en el comedor, cocinando juntos, comiendo en la mesa redonda de la cocina, tan pequeña que nunca teníamos que pedirle al otro que pasara la sal y nuestras rodillas chocaban con tanta frecuencia que no nos molestábamos en disculparnos. Nuestros cestos para ropa sucia estaban en el pasillo junto al baño y lavábamos la ropa por turnos; dejábamos la ropa del otro cuidadosamente doblada sobre la mesa del comedor para que la tomara cuando fuese el momento. Quizá los padres o cónyuges hubiesen tomado la ropa y abierto el cajón del otro, pero nosotros no éramos padre e hija. No éramos cónyuges. Y en nuestra casa, nos gustaba estar juntos, pero también disfrutábamos de nuestro espacio personal.

Su canción se apagó cuando abrí la puerta para encontrar una mano con enormes nudillos y manchas de edad que sostenía una taza amarilla.

—Hoy te voy a dar un aventón. Y por tu apariencia, vas a necesitar este café.

La luz dorada de la mañana penetraba las cortinas. El cabello rubio me tapaba los ojos hasta que lo hice a un lado.

Unos minutos más tarde estábamos en el auto. Las noticias eran acerca de un prisionero de guerra al que habían traído de vuelta y el abuelo no paraba de decir: "Qué lástima. Un chico tan joven". Me dio gusto que tuviera con qué entretenerse, porque yo estaba pensando en la noche anterior.

En Mabel y todas nuestras otras amigas, sentadas con las piernas cruzadas en la arena, medio a oscuras y medio iluminadas por el brillo de la fogata. Ya era mayo. Nos abandonaríamos unas a otras para ir a otros lugares en el otoño; ahora que vendrían varios cambios de estación y se acercaba la graduación, todo lo que hacíamos parecía una larga despedida o un reencuentro prematuro. Sentíamos nostalgia por una época que aún no había terminado.

—Tan joven —decía mi abue—. Tener que aguantar algo así. La gente puede ser muy cruel.

Encendió las intermitentes conforme nos acercábamos a la zona de descenso en Convent. Sostuve mi taza para no derramar el café mientras daba vuelta.

—Mira eso —dijo señalando el reloj del tablero—. Hasta te van a sobrar dos minutos.

—Eres mi héroe —le dije.

—Pórtate bien. Y ten cuidado, que las hermanas no se enteren de que somos paganos.

Sonrió. Bebí los últimos sorbos.

—No lo haré.

—Toma una segunda porción de la sangre de Cristo por mí, ¿sí?

Puse los ojos en blanco, coloqué la taza vacía sobre el asiento.

Cerré la puerta y me incliné para despedirme con la mano a través de la ventana cerrada. Él seguía disfrutando de sus propias bromas. Hizo una expresión de falsa seriedad y se persignó antes de reír e irse.

En la clase de literatura inglesa, hablábamos de fantasmas. De si existían y, de ser así, si eran tan malvados como lo creía la institutriz en *Otra vuelta de tuerca*.

—Aquí hay dos interpretaciones —dijo la hermana Josephine—. Una: la institutriz está alucinando. Dos: los fantasmas son reales —se volteó y escribió ambas opciones en el pizarrón—. Encuentren evidencia en la novela para sustentar las dos. Mañana lo discutiremos en grupo.

Levanté la mano rápidamente.

—Tengo una tercera idea.

—¿Cuál?

—Los empleados conspiran en su contra. Una broma elaborada.

La hermana Josephine sonrió.

—Es una teoría interesante.

—Ya es suficientemente complicado con dos —dijo Mabel, y algunas personas estuvieron de acuerdo.

—Es mejor si es complicado —dije.

Mabel giró en su escritorio para mirarme.

—Espérate. ¿Qué? ¿Es *mejor* si es *complicado*?

—¡Por supuesto! Ése es el punto de la novela. Podemos buscar la verdad, podemos convencernos de lo que queramos creer, pero nunca sabremos realmente. Les *garantizo* que podemos encontrar evidencia para argumentar que los empleados le juegan una broma a la institutriz.

—Lo añadiré a la lista —dijo la hermana Josephine.

Después de la escuela, Mabel y yo nos dividimos la tarea de ciencias a bordo del autobús 31, nos bajamos a la vuelta del Café Problema y entramos a celebrar nuestra excelente administración del tiempo con dos capuchinos.

—No dejo de pensar en fantasmas —dije, mientras caminábamos a un costado de las casas color pastel con fachadas planas y ventanas cuadradas—. Aparecen en todos mis libros favoritos.

—¿Tema de ensayo final?

Asentí con la cabeza.

—Pero necesito pensar en una tesis.

—Lo único que me gusta de *Otra vuelta de tuerca* es la primera frase de la institutriz —Mabel se detuvo para ajustarse la correa de la sandalia.

Cerré los ojos y sentí el sol en el rostro.

—"Recuerdo todo el principio como una sucesión de vuelos y caídas, un pequeño sube y baja de buenas y malas emociones."

—*Por supuesto* que te la sabes de memoria.

—Bueno, es increíble.

—Creí que todo sería así, pero sólo es confuso y sin sentido. Los fantasmas (si hay fantasmas) ni siquiera hacen nada. Sólo aparecen y andan por ahí.

Abrí la reja de hierro y subimos las escaleras hasta el descansillo. Mi abue ya nos saludaba antes de que la puerta se cerrara detrás de nosotras. Dejamos los cafés, nos quitamos las mochilas y fuimos directo a la cocina. Sus manos estaban cubiertas de harina; el miércoles era su día favorito porque podía hornear para dos chicas.

—Huele delicioso —dijo Mabel.

—Dilo en español —dijo el abuelo.

—*Huele delicioso.* ¿Qué es? —dijo Mabel.

—Rosca de chocolate. Ahora di "la rosca de chocolate huele delicioso".

—Abue —dije—. Otra vez la estás tratando como objeto exótico.

Él levantó las manos, dándose por vencido.

—No puedo evitar querer escuchar algunas palabras en un idioma hermoso.

Ella rio y dijo la oración, y muchas otras frases cortas que yo entendí. El abuelo se limpió las manos en el delantal y se tocó el corazón.

—¡Hermoso! —dijo—. *¡Hermosa!* —repitió en español.

Y luego salió de la cocina y vio algo que lo hizo detenerse.

—Chicas. Por favor, siéntense.

—Oh, no. El sofá de dos plazas —susurró Mabel.

Caminamos hasta el descolorido sofá rojo de dos plazas y nos sentamos juntas a esperar el tema de la lección de esa tarde.

—Chicas —dijo otra vez—. Tenemos que hablar de esto —levantó uno de los vasos desechables que habíamos dejado sobre la mesa de centro, lo sostuvo con desdén—. Cuando estaba creciendo, no existía nada de esto. Café Problema. ¿Quién nombra un establecimiento "Problema"? Un bar, va, puede ser. Pero ¿una cafetería? No. Los padres de Mabel y yo gastamos mucho dinero para enviarlas a una buena escuela. Ahora quieren hacer fila para comprar comida y gastar demasiado dinero en una taza de café. ¿Cuánto costó esto?

—Cuatro dólares —dije.

—*¿Cuatro? ¿Cada uno?* —sacudió la cabeza—. Permítanme ofrecerles un consejo útil. Eso es tres dólares más de lo que debería costar una taza de café.

—Es un capuchino.

Olfateó el vaso.

—Pueden llamarlo como quieran. Tengo una olla perfectamente buena en la cocina y unos granos muy frescos.

Puse los ojos en blanco, pero Mabel creía fervientemente en respetar a la gente mayor.

—Fue un antojo —dijo ella—. Pero tiene razón.

—*Cuatro* dólares.

—Vamos, abue. Puedo oler el pastel. ¿No deberías echarle un ojo?

—Eres una pilla —me dijo.

—No —dije—. Sólo tengo hambre.

Y era verdad. Fue una tortura esperar a que se enfriara el pastel, pero cuando pudimos, lo devoramos.

—¡Guarden una rebanada para los chicos! —nos imploró el abuelo. Para ser cuatro tipos viejos, sus amigos eran los comedores más quisquillosos que hubiera conocido. Como las chicas de la escuela, no consumían gluten durante una semana sólo para de repente volver a comerlo si el platillo era lo suficientemente tentador. No comían azúcar ni carbohidratos ni cafeína ni carne ni lácteos, pero quizás un poquito de mantequilla estaba bien de vez en cuando. Se quejaban hasta cuando rompían sus propias reglas. Les daban probaditas a los dulces del abuelo para luego declarar que tenían demasiada azúcar.

—No merecen este pastel —dije entre bocados—. No lo apreciarían como nosotras. Quizá deberías enviarle una rebanada a Birdie por correo. Para que le llegue en la mañana.

—¿Sabe que está horneando? —le preguntó Mabel.

—Puede que lo haya mencionado una que otra vez.

—Una mordida de esto y será suya para siempre —dijo Mabel.

El abuelo negó con la cabeza y rio, y Mabel y yo pronto quedamos llenas y contentas. Mirábamos hacia afuera cuando Jones, el primero en llegar de los amigos del abuelo, apareció con su baraja de la suerte en una mano y su bastón en la otra.

Me tomé un minuto para hablar con él.

—Van a operar a Agnes de la mano otra vez, el martes —me dijo.

—¿Necesitan ayuda con algo?

—Samantha va a tomarse unos días libres del salón de belleza —dijo él.

—Quizá me dé una vuelta para saludar.

Samantha era la hija de Jones y Agnes, y había sido muy amable conmigo durante los meses que viví con ellos cuando tenía ocho años y el abuelo tuvo que pasar un tiempo en el hospital. Me llevaba y traía de la escuela en auto todos los días. Nos siguió ayudando incluso cuando el abuelo regresó; recogía sus medicinas y se aseguraba de que tuviéramos comida en la casa.

—Le encantaría verte.

—Está bien —dije—. Nosotras vamos a la playa. Intenta no perder tu dinero.

Mabel y yo caminamos las cuatro cuadras a la playa. Nos quitamos las sandalias donde la calle se convierte en arena y las cargamos a lo largo de una duna, serpenteando entre parches de pasto playero y suculentas color verde rojizo. Nos sentamos a una distancia segura del agua mientras las parvadas de correlimos grises y blancos picoteaban en la costa. Al principio parecía que no había nadie, pero yo sabía observar y esperar, y pronto los vi: un par de surfistas a la distancia, ahora montados en sus tablas para subirse a una ola. Los contemplamos contra la línea del horizonte: ascendían y caían. Pasó una hora, los perdimos de vista una y otra vez, pero siempre los volvíamos a encontrar.

—Tengo frío —dijo Mabel cuando apareció la niebla.

Me acerqué a ella hasta que nuestros costados se tocaron. Me dio sus manos y yo las froté hasta que ambas nos calentamos. Ella quería irse a su casa, pero los surfistas seguían en el agua. Nos quedamos hasta que regresaron a la arena, y se pusieron las tablas turquesa y dorado bajo el brazo, contra sus trajes de neopreno. Esperé a ver si alguno me conocía.

Un hombre y una mujer se acercaron entornando los ojos para ver si yo era quien creían.

—Hola, Marin —dijo el hombre.

Levanté la mano a modo de saludo.

—Marin, tengo algo para ti —la mujer abrió el cierre de su mochila y sacó una concha—. De las favoritas de Claire —dijo, y la presionó en la palma de mi mano.

Luego siguieron y se abrieron camino hacia el estacionamiento.

—No me has preguntado acerca de qué estoy escribiendo —dijo Mabel.

La concha era grande y rosa, cubierta de rugosidades. Docenas de ésas llenaban tres frascos grandes en mi habitación, todas habían sido regalos. Abrió la mano y deposité la concha en ella.

—Jane Eyre. Flora y Miles. Prácticamente todos en *Una bendición* —recorrió con el pulgar las líneas rugosas de la concha y luego me la devolvió. Me miró—. Huérfanos.

Mi abue nunca hablaba de mi madre, pero no hacía falta. Lo único que yo tenía que hacer era pasar por la tienda de surf o aparecer en la playa al amanecer para recibir camisetas gratis de la tienda Mollusk y termos llenos de té. Cuando era niña, a los viejos amigos de mi mamá les gustaba abrazarme, acariciarme el cabello. Entornaban los ojos en mi dirección conforme me aproximaba y me llamaban con un gesto. No sabía el nombre de todos, pero ellos sí conocían el mío.

Supongo que cuando pasas una vida montando olas —y sabes que el océano es despiadado y millones de veces más fuerte que tú, pero aun así confías en que eres lo suficientemente hábil, valiente o afortunado para sobrevivir—, quedas en deuda con la gente que no lo logra. Siempre muere alguien. Sólo es cuestión de quién y cuándo. Recuerdas a esa persona con canciones, con santuarios de conchas y flores y vidrio de playa, con un brazo alrededor de su hija y, más adelante, con hijas propias a quienes nombraste en su honor.

En realidad no murió en el océano. Murió en el hospital Laguna Honda, con una cortada en la cabeza y los pulmones llenos de agua. Yo tenía casi tres años. A veces creo que puedo recordar su calidez. La cercanía. La sensación de estar en sus brazos, quizá. Su cabello suave contra mi mejilla.

No recuerdo nada acerca de mi padre. Era viajero, estaba en algún lugar de Australia antes de la prueba de embarazo. "Si tan sólo supiera de ti", decía el abuelo cuando era pequeña y hacía preguntas, "serías su tesoro".

Pensaba en el duelo como algo simple. Silencioso. Había una fotografía de Claire colgada en el pasillo. A veces atrapaba al abuelo mirándola. A veces yo me paraba frente a ella por varios minutos, estudiaba su rostro y su cuerpo. Encontraba pistas de mí misma en ella. Imaginaba que yo estaba cerca cuando le tomaron la foto, jugando en la arena o acostada sobre una cobija. Me preguntaba si, cuando tuviera veintidós, mi sonrisa sería remotamente así de bonita.

Una vez en una reunión en Convent, la consejera le preguntó al abuelo si hablaba de mi madre conmigo.

—Recordar al difunto es la única manera de sanar —decía ella.

Los ojos del abuelo perdieron su chispa. Su boca se convirtió en una línea apretada.

—Sólo es un recordatorio —dijo la consejera en voz más baja, luego giró hacia la computadora para volver al tema de mis ausencias injustificadas.

—Hermana —dijo el abuelo en voz baja y venenosa—. Mi esposa murió cuando tenía cuarenta y seis años. Mi hija falleció cuando tenía veinticuatro. ¿Y usted me *recuerda* que debo recordarlas?

—Señor Delaney —dijo—. En verdad lo siento. Lamento sus pérdidas. Rezaré para que sane. Pero quien me preocupa es Marin, y lo único que pido es que comparta algunos de sus recuerdos con ella.

Mi cuerpo se tensó. Nos llamaron porque estaban preocupados por mi "progreso académico", pero yo sacaba nueves y ochos en todas las materias y lo único que tenían en mi contra era que me había saltado un par de clases. Ahora comprendía que habían convocado esta reunión por un cuento que escribí para la clase de inglés, que trataba sobre una niña criada por sirenas. Ellas se sentían culpables de haber asesinado a la madre de la niña, así que le contaban historias acerca de ella, la hacían tan real como podían, pero la niña siempre sentía un vacío que no podían llenar. Siempre se hacía preguntas.

Sólo era un cuento, pero sentada en la oficina de la consejera me di cuenta de que debí haber sido más sensata. Debí haber escrito sobre un príncipe criado por lobos después de perder a su padre en el bosque o lo que sea, algo menos transparente, porque los profesores siempre pensaban que todo era un grito de ayuda. Y los profesores jóvenes y amables como la hermana Josephine eran los peores.

Sabía que tenía que cambiar de tema o la consejera comenzaría a hablar sobre mi cuento.

—Lamento haber faltado a clases, ¿está bien? —dije—. Fue una mala decisión. Me dejé arrastrar por mi vida social.

La consejera asintió con la cabeza.

—¿Puedo contar con que no lo volverás a hacer? —preguntó—. Tienes tiempo antes y después de la escuela. La hora de la comida. Las tardes. Los fines de semana. Tienes libre la mayor parte de tus horas para usarlas como tú y tu abuelo consideren conveniente. Pero para las clases esperamos…

—Hermana —dijo el abuelo, su voz era de nuevo un gruñido, como si no hubiese escuchado nada de lo que habíamos dicho—. Estoy seguro de que ha vivido situaciones dolorosas. Incluso casarse con Jesús no la protege por completo de las realidades de la vida. Ahora le pido que se tome un momento para recordar esas cosas terribles. Le *recuerdo*, ahora, que las recuerde. Listo. ¿No se siente *curada*? Quizá debería contárnoslas. ¿No se siente, no se siente... *mucho mejor*? ¿No la llenan de cariño? ¿Se siente *alegre*?

—Señor Delaney, por favor.

—¿Le importaría deslumbrarnos con una historia de *redención*?

—Está bien, puedo ver…

—¿Le gustaría cantarnos una canción de *alegría* ahora?

—Me disculpo por haberlo molestado, pero esto es…

El abuelo se levantó, infló el pecho.

—Sí —dijo él—. Esto es completamente inapropiado de mi parte. Casi tan inapropiado como una monja que ofrece consejos sobre las muertes de un *cónyuge* y un *hijo*. Marin tiene óptimas calificaciones. Marin es una estudiante excelente. —La consejera se inclinó hacia atrás en su silla de oficina, estoica—. Y Marin —dijo el abuelo, triunfante— ¡se va conmigo!

Se volteó y abrió la puerta de golpe.

—Adiós —dije en tono de disculpa.

Salió hecho una furia. Lo seguí.

El camino a casa fue como un acto de comediante, compuesto por todos los chistes sobre monjas que el abuelo pudo recordar. Me reí muchísimo, hasta que ya no le hizo falta. Era un monólogo. Cuanto terminó, le pregunté si había tenido noticias de Birdie ese día y sonrió.

—Si escribes dos cartas, recibes dos cartas —dijo.

Y luego pensé en las lágrimas en los ojos de la hermana Josephine cuando leí mi cuento en clase. En cómo me agradeció por ser tan valiente. Y está bien, quizá no todo era imaginario. Quizá las sirenas le daban conchas a la niña para llenar su habitación submarina. Quizá la historia surgió de una parte de mí que deseaba saber más, o al menos tener recuerdos reales en lugar de sentimientos que podían ser sólo invenciones.

capítulo cuatro

Mabel está conociendo a Hannah tanto como lo permite nuestra habitación. La pila de papeles en su escritorio, su cama tendida de manera impecable. Los carteles de espectáculos de Broadway autografiados y su colcha alegre y afelpada.

—¿De dónde es ella?

—De Manhattan.

—Qué bonito tono de azul —dice Mabel admirando el tapete persa que está entre las dos camas, lo suficientemente desgastado como para mostrar su edad, pero aún suave al tacto.

Se para frente a su pizarrón de corcho, me pregunta acerca de la gente en las fotografías. Megan, la que vive al final del pasillo. Davis, su exnovio que sigue siendo su amigo. Algunas chicas, también de Manhattan, cuyos nombres no recuerdo.

—Le gustan las citas —dice Mabel.

Asiento con la cabeza.

—Lee mucho.

—Esta cita de Emerson está en todas partes. La vi en un imán.

—¿Cuál?

—"Termina cada día y déjalo atrás. Hiciste lo que pudiste. Sin duda se colaron algunos errores y disparates; olvídalos en cuanto puedas."

—Puedo entender por qué. ¿Quién no necesita que le recuerden eso?

—Sí, supongo —dice Mabel.

—Hannah es muy de ese estilo —digo—. Las cosas no parecen afectarla. Es un poco... directa, supongo. Pero de la mejor manera. De una manera realmente inteligente y amable.

—Así que te cae bien.

—Sí. Muy bien.

—Genial —dice, pero no me queda claro si está en serio—. Bien, hablemos de ti. ¿Qué clase de planta es ésta?

—Una peperomia. La compré en una venta de plantas en el campus y la he mantenido viva por tres meses. Impresionante, ¿no?

—Bien hecho.

—Lo sé.

Nos sonreímos. Se siente casi natural entre nosotras.

—Qué lindos tazones —dice y toma uno del alféizar de la ventana.

Además de la fotografía de mi madre que vive en un fólder en mi armario, los tazones son mi mejor posesión. Son del tono perfecto de amarillo, no demasiado brillante, y sé de dónde salieron y quién los hizo. Me gusta que sean tan sólidos: puedes sentir el peso del barro.

—Una de las primeras clases que nos dio mi profesor de historia fue acerca de un tal William Morris, que dijo que todo lo que posees debería ser útil o hermoso. Es una gran aspiración, pero me dije: "¿Por qué no intentarlo?". Vi éstos en un taller de cerámica un par de días después y los compré.

—Son muy bonitos.

—Hacen que todo se sienta especial. Incluso el cereal o los tallarines —digo—. Ambos son importantes componentes de mi dieta.

—Pilares de la nutrición.

—¿Qué comes tú en la escuela?

—Mi dormitorio es distinto. Hay como minidepartamentos. Tenemos tres habitaciones y luego un espacio común con sala y cocina. Lo compartimos entre seis personas así que cocinamos grandes cantidades de comida. Mi compañera de habitación hace la mejor lasaña. No tengo idea de cómo queda tan buena si sólo usa queso ya rallado y salsa embotellada.

—Al menos tiene eso a su favor.

—¿A qué te refieres? —pregunta.

Antes de abandonar sus intentos por comunicarse conmigo, Mabel me envió una letanía de razones para no simpatizar con su compañera de habitación. Su terrible gusto musical, sus ronquidos, su turbulenta vida amorosa, su desorden y decoraciones feas. "Recuérdame por qué no me alcanzaste en el soleado sur de California", escribió. Y también: "¡Por favor! ¡Ven a desaparecer a esta chica y róbate su identidad!".

—Ah —dice ahora, recordando—. Cierto. Bueno, ha pasado tiempo. Me empezó a caer bien —voltea para ver qué otra cosa puede comentar, pero la planta y los tazones son toda la extensión de mis enseres.

—Estoy planeando conseguir más cosas pronto —digo—. Sólo necesito encontrar un empleo.

Una ráfaga de preocupación ensombrece su rostro.

—¿Tienes…? No puedo creer que nunca pensé en eso. ¿Tienes dinero?

—Sí —digo—. No te preocupes. Él me dejó algo, sólo que no mucho. O sea, suficiente por ahora, pero tengo que ser cuidadosa.

—¿Y la colegiatura?

—Ya había pagado este año completo.

—Pero ¿y los siguientes tres años?

No debería ser tan difícil hablar de esto. Esta parte debería ser sencilla.

—Mi tutora de aquí dice que podemos hacerlo funcionar. Con préstamos, apoyo económico y becas. Dice que mientras me vaya bien, podemos pensar en algo.

—Okey —dice—. Eso suena bien, supongo.

Pero todavía se ve preocupada.

—Entonces —le digo— estás aquí por tres noches, ¿verdad?

Asiente con la cabeza.

—Pensé que quizá mañana o el día siguiente podríamos tomar el autobús al distrito comercial. No hay mucho ahí, pero está el taller donde compré los tazones y un restaurante y algunas otras tiendas.

—Sí, suena divertido.

Ahora mira fijamente el tapete, ausente.

—Marin —dice—. Debería decirte en este momento que estoy aquí con un propósito, no de vacaciones.

Se me encoge el corazón, pero intento no mostrarlo. La miro y espero.

—Ven a casa conmigo —dice—. Mis padres quieren que vengas.

—¿Para qué? ¿Navidad?

—Sí, Navidad. Pero luego para quedarte. Quiero decir, regresarías aquí, por supuesto, pero podrías ir a mi casa en las vacaciones. Podría ser también tu casa.

—Ah —digo—. Cuando dijiste *propósito*, pensé en otra cosa.

—¿Como qué?

—No sé.

No logro decir que pensé que ya no quería verme, cuando en verdad estaba pidiendo verme más.

—¿Entonces dirás que sí?

—No creo poder.

Levanta las cejas con asombro. No puedo evitar desviar la mirada de su rostro.

—Supongo que es mucho pedir de una sola vez. Quizá deberíamos comenzar con Navidad. Toma el avión de regreso conmigo, pasa un par de días con nosotros, ve cómo te sientes. Mis padres pagarán tu vuelo.

Niego con la cabeza.

—Lo siento.

Se ve confundida. Esto tendría que haber salido mejor.

—Tengo tres días para convencerte, así que sólo piénsalo. Haz de cuenta que no dijiste que no. Finge que aún no has respondido.

Asiento, pero sé que, sin importar cuánto lo desee, me sería imposible regresar.

Ella cruza la habitación hacia el lado de Hannah y observa todo de nuevo. Abre el cierre de su mochila deportiva y revisa lo que trajo. Luego vuelve a la ventana.

—Hay otra vista —digo—. Desde el último piso. Es realmente bonita.

Subimos a la torre en el elevador. Al salir con Mabel, me doy cuenta de que es el tipo de lugar que la institutriz de

Otra vuelta de tuerca encontraría plagado de posibilidades fantasmales. Pero intento ya no pensar mucho en historias, particularmente de fantasmas.

Desde las ventanas de la torre podemos ver el resto del campus: una vista panorámica. Pensé que sería más fácil para nosotras hablar acá arriba, donde hay más que ver, pero todavía no sé qué decir y Mabel sigue en silencio. Molesta, probablemente. Lo puedo ver en sus hombros y por la manera en que no me mira.

—¿Quién es? —pregunta.

Sigo su mano que señala a alguien en la distancia. Una mancha de luz.

—El encargado de mantenimiento —digo.

Seguimos mirando conforme se acerca, se detiene cada pocos pasos y se agacha.

—Está haciendo algo a lo largo del camino —dice Mabel.

—Sí. Me pregunto qué.

Cuando llega a la fachada de nuestro edificio, retrocede y mira hacia arriba. Nos saluda con la mano. Saludamos de vuelta.

—¿Se conocen?

—No —digo—. Pero sabe que estoy aquí. Supongo que de alguna manera está encargado de vigilarme. O al menos de asegurarse de que no queme la escuela u organice una fiesta salvaje o algo.

—Ambas son muy probables.

No puedo ni siquiera esbozar una sonrisa. Aun sabiendo que está oscuro afuera y aquí hay luz, es difícil creer que puede vernos. Deberíamos ser invisibles. Estamos tan solas. Mabel y yo estamos de pie una junto a la otra, pero no podemos ni vernos. A lo lejos están las luces de la ciudad. La gente debe de estar terminando la jornada laboral, recogiendo a sus hijos, planeando la cena. Hablan entre sí con voces tranquilas sobre cosas de gran importancia y cosas que no significan mucho. La distancia entre nosotras y toda esa vida se siente infranqueable.

El encargado de mantenimiento se sube a su camioneta.

—Tenía miedo de subirme al elevador —digo.

—¿A qué te refieres?

—Fue antes de que llegaras. Camino a la tienda. Estaba por subirme al elevador para bajar, pero luego tuve miedo de quedarme atorada y que nadie lo supiera. Habrías llegado y yo no habría tenido señal.

—¿Se atoran los elevadores aquí?

—No sé.

—¿Has oído que se atoren?

—No. Pero son viejos.

Se aleja de mí y camina hacia el elevador. La sigo.

—Qué elegante —dice.

Como casi todo en este edificio, cada detalle es ornamentado. Latón grabado con motivos de hojas y espirales de yeso arriba de la puerta. En California no hay lugares tan viejos. Estoy acostumbrada a las líneas simples. Estoy acostumbrada a estar más cerca del suelo. Mabel presiona el botón y el elevador se abre como si nos hubiera estado esperando. Separo las puertas de metal y entramos; las paredes están cubiertas con paneles de madera y las ilumina un candelabro de techo. Se cierran las puertas y estamos aquí por tercera vez en el día, pero es la primera vez que estamos juntas en el momento.

A medio descenso, Mabel extiende la mano hacia el tablero de control y presiona un botón que nos detiene con una sacudida.

—¿Qué estás haciendo?

—Sólo hay que ver cómo se siente —dice—. Podría ser bueno para ti.

Sacudo la cabeza. No es gracioso. El encargado de mantenimiento vio que estábamos bien. Se fue en su camioneta. Podríamos pasar días atrapadas aquí antes de que comience a preocuparse. Me acerco al tablero de control y busco un botón que nos ponga de nuevo en movimiento, pero Mabel dice:

—Está justo aquí. Podemos presionarlo cuando queramos.

—Quiero presionarlo *ahora.*

—¿En verdad?

No se está burlando de mí. Es una pregunta genuina. ¿Realmente quiero que nos movamos de nuevo tan pronto? ¿Realmente quiero volver al tercer piso con ella, sin ningún lugar a donde ir excepto mi habitación, sin nada que no estuviera ahí antes, sin ningún alivio ni entendimiento recién descubiertos?

—Está bien —digo—. Tal vez no.

—He estado pensando mucho en tu abuelo —dice Mabel.

Llevamos varios minutos sentadas en el piso del elevador, recargadas cada quien en una pared. Hemos comentado los detalles de los botones, la luz refractada de los cristales del candelabro del techo. Hemos buscado en nuestros vocabularios el nombre de la madera y nos hemos decidido por caoba. Y ahora, supongo, Mabel piensa que es momento de cambiar a temas de mayor importancia.

—Dios, era tan tierno.

—¿Tierno? No.

—Está bien, lo siento. Suena condescendiente. Pero ¡esos anteojos! ¡Esos suéteres con los parches en el codo! *Verdaderos* parches que él mismo cosía, porque las mangas se desgastaban por completo. Era auténtico.

—Entiendo lo que estás diciendo. Y te digo que no es cierto.

Es imposible no percibir la irritabilidad en mi voz, pero no me importa. Cada vez que pienso en él se me hace un hueco profundo en el estómago y me cuesta respirar.

—Está bien —su voz se ha vuelto más tranquila—. Lo estoy haciendo mal. Eso no es lo que quería decir. Intentaba decir que lo amaba. Lo extraño. Sé que no se compara con lo que tú debes de estar sintiendo, pero lo extraño y pensé que querrías saber que alguien más está pensando en él.

Asiento con la cabeza. No sé qué más hacer. Quiero sacarlo de mi mente.

—Ojalá hubiera habido un funeral —dice—. Mis padres y yo estuvimos al pendiente. Yo sólo esperaba las fechas para reservar mi boleto —ahora ella es quien suena irritable porque no respondí como debía, supongo, y porque él y yo éramos la única familia el uno del otro. Los padres de Mabel ofrecieron ayudarme a organizar un servicio, pero no les devolví la llamada. La hermana Josephine también llamó, pero la ignoré. Jones me dejó mensajes de voz que nunca contesté. Porque en lugar de guardar luto como una persona normal, hui a Nueva York a pesar de que los dormitorios no estarían abiertos dos semanas más. Me hospedé en un motel donde tenía el televisor encendido todo el día. Siempre comía en la misma cafetería de 24 horas y no tenía horarios para nada. Cada vez que sonaba mi teléfono, el timbre me ponía los nervios de punta. Pero cuando lo apagué, me quedé completamente sola y no dejaba de esperar que él me llamara para decirme que todo estaba bien.

Y me daba miedo su fantasma.

Y estaba harta de mí misma.

Dormía con la cabeza bajo las cobijas y cada vez que salía a la luz del día creía que me quedaría ciega.

—Marin —dice Mabel—. Vine hasta acá para que cuando te hablara, estuvieras obligada a responder.

La televisión mostraba telenovelas. Comerciales para concesionarios de automóviles, toallas de papel, jabón para platos. Series sobre juicios y programas de debate. Toallas sanitarias, jabones, productos de limpieza. Risas grabadas. Primeros planos de rostros empapados de lágrimas. Camisetas desabotonándose, risas. Objeción, Su Señoría. Ha lugar.

—Comencé a pensar que habías perdido tu teléfono. O que no te lo habías llevado. Me sentía como una acosadora. Todas esas llamadas y correos electrónicos y mensajes de texto. ¿Tienes idea de cuántas veces intenté contactarte? —sus ojos se llenan de lágrimas. Se le escapa una risa amarga—. Qué pregunta tan estúpida —dice—. Claro que sabes. Porque los recibiste todos y sólo decidiste no responder.

—*No sabía qué decir* —susurro. Suena inapropiado hasta para mí.

—Quizá podrías contarme cómo llegaste a esa decisión. He estado preguntándome qué hice exactamente para provocar esa estrategia específica.

—No fue una estrategia.

—Entonces ¿qué fue? He pasado todo este tiempo repitiéndome que lo que estás pasando es más importante que no hablar conmigo. A veces funciona. Pero a veces no.

—Lo que le sucedió... —digo—. Lo que sucedió al final del verano... Pasaron más cosas de las que sabes.

Qué increíble que estas palabras sean tan difíciles. Apenas significan algo. Lo sé. Pero me aterran. Porque a pesar de lo mucho que he logrado sanar y las diversas formas en que he recobrado la compostura, no he dicho nada de esto en voz alta.

—Bueno —dice—. Te escucho.

—Tenía que irme.

—Sólo *desapareciste.*

—No. No fue así. Vine *aquí.*

Las palabras tienen sentido, pero más allá de las palabras está la verdad. Ella tiene razón. Si Mabel se refiere a la chica que se despidió de ella con un abrazo antes de que partiera a Los Ángeles, la que entrelazó los dedos con los suyos en la última fogata del verano y aceptaba conchas de personas casi desconocidas, la que analizaba novelas por diversión y vivía con su abuelo en una casa rosa de alquiler en Sunset que a menudo olía a pastel y se llenaba de hombres mayores con un gusto por las apuestas, si está hablando de esa chica, entonces sí, desaparecí.

Pero es mucho más fácil no verlo de esa forma, así que añado:

—He estado aquí todo el tiempo.

—Tuve que volar cuatro mil ochocientos kilómetros para encontrarte.

—Me alegra que lo hayas hecho.

—¿Te alegra?

—Sí.

Me mira, intentando averiguar si lo digo en serio.

—*Sí* —repito.

Se acomoda el cabello detrás de la oreja. La observo. He estado intentando no mirarla demasiado. Fue lo suficientemente amable para aparentar no haberme visto con su bufanda y su gorro hace rato; no necesito probar mi suerte. Pero el hecho me vuelve a pegar: *ella está aquí*. Sus dedos, su cabello largo y oscuro. Sus labios rosados y pestañas negras. Los mismos aretes de oro que nunca se quita, ni siquiera cuando duerme.

—Okey —dice.

Presiona un botón y nos movemos después de tantos minutos en suspensión.

Abajo, abajo. No estoy segura de estar lista. Pero ahora estamos en el tercer piso, y Mabel y yo nos acercamos a la reja al mismo tiempo y nuestras manos se tocan.

Ella retrocede antes de que yo sepa qué quiero.

—Lo siento —dice. No se está disculpando por retroceder. Se está disculpando por nuestro contacto accidental.

Solíamos tocarnos todo el tiempo, incluso antes de conocernos bien. Nuestra primera conversación comenzó cuando ella tomó mi mano para examinar mis uñas recién pintadas, doradas con lunas plateadas. La hija de Jones, Samantha, era dueña de un salón de belleza y hacía que sus nuevos empleados practicaran conmigo. Le dije a Mabel que tal vez podía conseguirle un descuento en manicura ahí.

Ella dijo: "¿Quizá *tú* podrías hacerlo? No puede ser tan difícil". Así que después de la escuela fuimos a la farmacia por barniz de uñas y nos sentamos en el parque Lafayette mientras le hacía un desastre en los dedos, y nos reíamos por horas.

Mabel va unos pasos adelante de mí, ya casi llega a mi puerta.

Espera.

No han cambiado tantas cosas.

—¿Recuerdas la primera vez que pasamos el rato juntas? —pregunto.

Se detiene. Gira hacia mí.

—¿En el parque?

—Sí —digo—. Sí. Intenté pintarte las uñas porque te gustaron las mías y quedaron horribles.

Se encoge de hombros.

—No recuerdo que haya estado tan mal.

—No. No estuvo mal. Sólo fallaron mis habilidades para pintar uñas.

—Pensé que nos habíamos divertido.

—Por supuesto que nos divertimos. Es lo que nos hizo amigas. Tú pensaste que yo podía hacerte una manicura y yo fallé por completo, pero nos reímos mucho, y así es como empezó todo.

Mabel se recarga en el marco la puerta. Mira fijamente hacia el pasillo.

—Todo comenzó el primer día de inglés, cuando el hermano John nos hizo analizar algún poema estúpido, y tú levantaste la mano y dijiste algo tan inteligente que de pronto el poema ya no parecía estúpido. Y supe que eras el tipo de persona que quería conocer. Pero lo que todavía *no* sabía era que se vale decirle a una chica que quieres pasar tiempo con ella porque dijo algo inteligente. Así que busqué una excusa para hablar contigo y encontré una.

Nunca me había dicho esto.

—No se trataba de una manicura —dice. Niega con la cabeza como si la idea fuera absurda, aunque es la única versión de la historia que yo conocía hasta ahora. Luego se da la vuelta y entra a mi habitación.

—¿Qué has estado preparando para cenar? —pregunta.

Señalo el escritorio, encima está la tetera eléctrica junto a los paquetes de tallarines instantáneos.

—Bueno, hagámoslo.

—Compré comida —digo—. Hay una cocina que podemos utilizar.

Ella niega con la cabeza.

—Ha sido un día largo. Los tallarines están bien.

Suena muy cansada. Cansada de mí y de cómo no hablo.

Hago mi recorrido usual hacia el lavabo del baño por agua, luego enchufo la tetera eléctrica en mi escritorio y coloco los tazones amarillos a un lado. Aquí viene otra oportunidad. Intento pensar en algo que decir.

Pero Mabel se apresura antes que yo.

—Hay algo que necesito decirte.

—Está bien.

—Conocí a alguien en la escuela. Su nombre es Jacob.

No puedo evitar la sorpresa en mi rostro.

—¿Cuándo?

—Hace como un mes. ¿Te acuerdas del mensaje de texto número novecientos que decidiste ignorar?

Me aparto de ella. Finjo revisar algo en la tetera.

—Está en mi clase de literatura. Realmente me gusta —dice, ahora su voz es más suave.

Observo hasta que escapan los primeros soplos de vapor y luego pregunto:

—¿Sabe de mí?

No responde. Vierto agua en los tazones, sobre los tallarines deshidratados. Abro los paquetes de condimento. Espolvoreo el contenido. Revuelvo. Y luego no hay nada que hacer salvo esperar, así que tengo que voltear a verla.

—Sabe que tengo una mejor amiga llamada Marin, que fue criada por un abuelo a quien amé como si fuera el mío. Sabe que viajé para ir a la escuela y unos días después el abuelo se ahogó, y que desde esa noche mi amiga Marin no ha hablado con nadie en casa. Ni siquiera conmigo.

Me limpio las lágrimas del rostro con el dorso de la mano.

Espero.

—Y sabe que las cosas entre nosotras se tornaron... menos claras hacia el final. Y está bien con eso.

Intento recordar cómo solíamos hablar de chicos. ¿Qué podría haber dicho en esa época? Habría pedido ver una fotografía. Seguro tiene muchas en su teléfono.

Pero no quiero ver su fotografía.

Tengo que decir algo.

—Suena lindo —digo sin pensar. Y luego me doy cuenta de que no me ha contado casi nada acerca de él—. Quise decir, estoy segura de que escogerías a alguien lindo.

Siento su mirada, pero es lo único que puedo decir.

Comemos en silencio.

—Hay un salón de juegos en el cuarto piso —digo, cuando terminamos—. Podríamos ver una película, si quieres.

—De hecho, estoy bastante cansada —dice—. Creo que sólo me prepararé para ir a la cama.

—Ah, sí —miro el reloj. Apenas pasan de las nueve, y en California es tres horas más temprano.

—¿A tu compañera de habitación no le importará? —pregunta señalando la cama de Hannah.

—No, está bien —apenas puedo pronunciar las palabras.

—Okey, genial. Entonces voy a prepararme.

Recoge su neceser y su piyama, toma rápidamente su teléfono, como si no fuera a darme cuenta, y sale discretamente de la habitación.

Se va por mucho tiempo. Pasan diez minutos, luego otros diez, luego otros más. Desearía poder hacer algo además de sentarme a esperarla.

La escucho reír. La escucho ponerse seria.

Dice: "No tienes nada de qué preocuparte".

Dice: "Lo prometo".

Dice: "Yo también te amo".

capítulo cinco

MAYO

Copié todos los fragmentos sobre fantasmas que encontré y los extendí sobre la mesa de centro, los clasifiqué y leí cada uno decenas de veces. Comenzaba a pensar que los fantasmas en sí mismos nunca fueron importantes. Como había dicho Mabel, lo único que hacían era andar por ahí.

No eran los fantasmas. Eran las apariciones las que importaban.

Los fantasmas le dijeron a la institutriz que nunca conocería el amor.

El fantasma le dijo a Jane Eyre que estaba sola.

El fantasma le dijo a la familia Buendía que sus peores miedos eran ciertos: estaban condenados a repetir los mismos errores.

Garabateé unas notas y luego tomé *Jane Eyre* y me estiré en el sofá. Igual que mi otra novela favorita, *Cien años de soledad*, la había leído más veces de las que podía contar. Mientras que

Cien años de soledad me envolvía con su magia y sus imágenes, sus complejidades y su amplitud, *Jane Eyre* me llenaba el corazón. Jane estaba tan sola. Era tan fuerte, sincera y honesta. Amaba ambos libros, pero satisfacían anhelos distintos.

Justo cuando Rochester estaba por proponerle matrimonio a Jane, escuché las llaves del abuelo tintinear abajo y un momento después entró silbando.

—¿Un buen día de correo? —pregunté.

—Escribes una carta, recibes una carta.

—Ustedes dos son tan predecibles —dije.

Corrí escaleras abajo para ayudarle a cargar las bolsas de las compras y a guardar la comida, luego volví a *Jane Eyre* y él desapareció en su estudio. Me gustaba imaginarlo leyendo las cartas solo ahí dentro, en su sillón reclinable con sus cigarrillos y el cenicero de cristal. La ventana abierta al aire salado y sus labios articulando las palabras.

Solía preguntarme qué clase de cartas escribía. Había entrevisto viejos libros de poesía apilados en su escritorio. Me preguntaba si los citaba. O si escribía sus propios versos, o si robaba líneas y las hacía pasar por propias.

¿Y quién era esa Birdie? Debía de ser la señora más dulce. Esperando las cartas del abuelo. Redactando las suyas para él. La imaginaba en una silla en una veranda, bebiendo té helado a sorbos y escribiendo con una caligrafía perfecta. Cuando no le escribía a mi abuelo, probablemente cuidaba sus buganvilias o pintaba paisajes con acuarelas.

O quizás era más salvaje. Quizás era del tipo de abuela que decía palabrotas y salía a bailar, que tenía un destello malicioso en los ojos que podría competir con el del abuelo. Quizá le ganaría en póquer y fumaría cigarrillos con él hasta bien entrada la noche una vez que encontraran la forma de estar juntos, y no a varios estados de distancia. Cuando yo ya no fuera un lastre.

En ocasiones pensar en eso me quitaba el sueño, me provocaba una sensación de dolor en el estómago. Si no fuera por mí, quizá se iría de San Francisco a las Montañas Rocallosas. Además de mí, sólo tenía a Jones, Freeman y Bo, y ya ni siquiera parecían caerle tan bien. Aún jugaban cartas como siempre, pero había menos risas entre ellos.

—¿Puedo interrumpir tu lectura? Hoy recibí algo muy especial —dijo el abuelo.

Había regresado a la sala y me sonreía.

—Muéstrame.

—Está bien —dijo—. Pero me temo que no podrás tocarlo. Es frágil.

—Seré cuidadosa.

—Sólo siéntate aquí, yo lo sostendré y te lo mostraré.

Puse los ojos en blanco.

—Oye, marinera —dijo él—. No hagas eso. No seas así. Esto es algo especial.

Parecía herido y yo lo lamenté.

—Sólo miraré —dije.

Él asintió con la cabeza.

—Estoy emocionada —dije.

—Voy por él. Espera aquí.

Regresó con una tela doblada en sus manos, verde oscuro, y la dejó desdoblarse y vi que era un vestido.

Incliné la cabeza hacia un lado.

—De Birdie —dijo.

—¿Te envió su vestido?

—Quería tener algo suyo. Le pedí que me sorprendiera. ¿Cuenta como un regalo si lo pides?

Me encogí de hombros.

—Sí, seguramente.

Algo me llamó la atención de la prenda. Los tirantes eran ondulados; un bordado blanco y rosa decoraba la cintura.

—Parece algo que se pondría una mujer joven.

El abuelo sonrió.

—Qué chica tan lista —dijo con aprobación—. Este vestido es de cuando era joven. Dijo que no le importaba enviarlo porque no es tan delgada como antes. No le queda y ya no es apropiado para una mujer de su edad.

Miró fijamente el vestido otra vez, y luego dobló los extremos hacia adentro y los enrolló desde la parte superior para que sus manos no lo soltaran. Lo abrazó contra su pecho.

—Es hermoso —dije.

Más tarde, mientras él lavaba los platos de la cena y yo los secaba, pregunté:

—Abue, ¿por qué nunca hablas de Birdie con los chicos?

Me sonrió.

—No me gustaría jactarme de ello —dijo—. No todos pueden tener lo que tenemos Birdie y yo.

Unos días después, estaba en el piso de la sala de Mabel, mirando álbumes de fotos.

—Yo *no* era la recién nacida más hermosa —dijo Mabel.

—¿De qué estás hablando? Eras perfecta. Un grillo perfecto. ¡Qué tal ésa! —Ana señaló una fotografía de Mabel envuelta en una cobija blanca, bostezando.

—Quiero algo más... alerta.

Todos los alumnos del último grado teníamos la tarea de entregar una foto de cuando éramos bebés para el anuario y la fecha límite era pronto. Cada día que pasaba, Eleanor, la editora de ese año, se acercaba más a una crisis nerviosa. Su voz en el intercomunicador durante los anuncios diarios se había tornado desesperada. "Por favor", decía. "Por favor, sólo envíenme algo por correo electrónico *pronto.*"

—¿Ya elegiste la tuya? —me preguntó Ana, regresando al sofá para retomar el dibujo que estaba haciendo.

—No tenemos ninguna.

Dio vuelta a la hoja para tener una página en blanco en su cuaderno de bocetos.

—¿Ninguna?

—No lo creo. Él nunca me ha mostrado nada.

—¿Puedo dibujarte?

—¿En serio?

—Sólo un boceto de diez minutos.

Le dio una palmadita al cojín del sofá junto a ella y me senté ahí. Estudió mi rostro antes de tocar el papel con el carboncillo. Miró mis ojos, mis orejas, la inclinación de mi nariz, mis pómulos, mi cuello y las diminutas pecas en mis mejillas que nadie notaba nunca. Estiró el brazo y aflojó mi cabello que estaba detrás de una de mis orejas para que cayera al frente.

Comenzó a dibujar y yo la miré como si la estuviera dibujando a ella también. Sus ojos y sus orejas, la inclinación de su nariz. El rubor en las mejillas y sus líneas de expresión. Las motas color castaño más claro en el castaño más oscuro de sus ojos. Observaba la página y luego levantaba la vista para contemplar una parte de mí. Me encontré esperando, cada vez que bajaba la mirada, a que me viera de nuevo.

—Bien, encontré dos —dijo Mabel—. Ésta dice que tengo diez meses y finalmente parezco un humano. Ésta es menos bebé, más infante, pero es bastante linda, si puedo decirlo yo misma.

Las sostuvo frente a nosotras.

—No puedes perder —dijo Ana, sonriendo al verlas.

—Yo voto por bebé —dije—. ¡Esos muslos regordetes! Adorables.

Fue a escanearla y enviarla, y Ana y yo nos quedamos solas en la sala.

—Sólo unos minutos más —me dijo.

—Está bien.

—¿Quieres ver? —preguntó cuando terminó.

Asentí con la cabeza y colocó el cuaderno en mi regazo. La chica en la página era yo y al mismo tiempo no lo era. Nunca había visto un dibujo de mí misma.

—Mira. —Ana me mostró sus manos cubiertas de carboncillo—. Necesito lavarme, pero estoy pensando en algo. ¿Vienes conmigo? —la seguí a través de la habitación hasta la cocina, donde abrió el grifo de latón con la muñeca y dejó que el agua corriera sobre sus manos—. Creo que él debe tener algo que compartir contigo. Incluso si no tiene *muchas* fotos, seguramente tiene al menos una o dos.

—¿Y si no terminó con las cosas de mi mamá?

—Eres su nieta. Tenías casi tres años cuando ella murió, ¿cierto? Él habría tenido una fotografía propia para entonces —se secó las manos con una toalla de cocina verde brillante—. Pregúntale. Creo que si le preguntas, encontrará *algo*.

Cuando llegué a casa, el abuelo estaba bebiendo té en la cocina. Sabía que era ahora o nunca. Perdería el valor si esperaba hasta la mañana.

—Se supone que debemos entregar fotografías de bebé para el anuario. Para la sección de los del último año. Me pregunto, ¿crees tener una en algún lugar? —moví mi peso de un pie al otro. Noté mi voz volverse aguda y temblorosa—. O, bueno, no tiene que ser de *bebé bebé*. Podría tener dos o tres años en ella. Sólo necesito que sea de cuando era pequeña. Creo que no tenemos ninguna, lo cual está bien, pero se supone que debo preguntar.

El abuelo estaba muy quieto. Miró fijamente dentro de su taza de té.

—Revisaré en la bodega. Veré si puedo encontrar algo.

—Eso sería grandioso.

Abrió la boca para decir algo, pero debió de cambiar de opinión. Al día siguiente, después de la escuela, cuando entré, me estaba esperando en la sala. No me miró.

—Marinera —dijo—. Lo intenté, pero...

—Está bien —interrumpí.

—Se perdieron tantas cosas...

—Lo sé —lamenté obligarlo a decir eso, lamenté haber traído de vuelta los recuerdos de lo que se había perdido. Pensé en la forma en que le gritó a mi tutora: "¿Usted me *recuerda* que debo recordarlas?".

—En serio, abue —él seguía sin poder mirarme—. *En serio*. Está bien.

Sabía que era mala idea, pero de todas maneras pregunté. Me asqueaba haberlo alterado así y me asqueaba, también, la forma en que me dejé esperanzar por algo que no existía.

Caminé a lo largo de Ocean Beach por mucho tiempo, hasta que llegué a las rocas que están debajo de Cliff House y luego di la vuelta. Cuando volví a donde comencé, aún no estaba lista para ir a casa, así que me senté en una duna y observé las olas bajo el sol de la tarde. Había una mujer de largo cabello castaño y traje de neopreno cerca de mí, y después de un rato vino a sentarse a mi lado.

—Hola —dijo—. Soy Emily. Era amiga de Claire.

—Sí, te reconozco.

—Ha estado viniendo más seguido, ¿verdad? —señaló la orilla del agua y ahí estaba el abuelo a lo lejos, caminando solo—. No lo había visto en mucho tiempo. Ahora lo veo casi cada semana.

No pude responder. Además de sus viajes al supermercado y sus infaltables juegos de póquer, los ires y venires del abuelo eran un misterio para mí. Me lo topaba en la playa algunas veces, pero por lo general yo no estaba ahí a esa hora de la tarde.

—Era un buen surfista —dijo ella—. Mejor que muchos de nosotros, aunque era mayor.

El abuelo nunca me hablaba del surf, pero a veces hacía comentarios sobre las olas que demostraban que sabía mucho acerca del agua. Yo sospechaba que había sido surfista en algún momento de su vida, pero nunca le pregunté.

—Hubo un día —dijo Emily—. Un par de meses después de la muerte de Claire. ¿Conoces esa historia?

—Puede ser —dije, aunque no conocía ninguna historia—. Cuéntamela de cualquier forma.

—Ninguno de nosotros lo había visto mar adentro desde que la perdimos. Era un sábado, así que muchos estábamos ahí. Apareció en la arena con su tabla. Algunos lo vimos y supimos que teníamos que hacer algo. Mostrar nuestro respeto, dejarle ver nuestra pena. Así que salimos del agua. Llamamos a los demás, a quienes no lo habían visto. Pronto sólo quedó él en el agua y todos formamos una fila en la arena, en nuestros trajes, mirando. Nos quedamos así hasta que él terminó. Cuando acabó, remó de regreso, se colocó la tabla bajo el brazo y pasó caminando a nuestro lado, como si fuéramos invisibles. Ni siquiera sé si se dio cuenta de que estábamos ahí.

Estaba más cerca de nosotras ahora, pero sabía que no voltearía a verme y decidí no llamarlo. Una ola rompió, lo tomó por sorpresa, pero apenas intentó esquivarla. Le empapó los pantalones hasta las rodillas, pero continuó caminando como si no hubiera pasado nada.

Emily frunció el ceño.

—Sé que no necesito decírtelo —dijo—, pero puede ser peligroso aquí. Incluso nada más caminar.

—Sí —dije, y sentí una oleada de miedo agravar mi culpa. ¿Acaso desenterré recuerdos que él se había esforzado por olvidar? ¿Acaso lo orillé a venir aquí con mi petición?—. Debería decirle algo al respecto.

Ella siguió observándolo.

—Ya lo sabe.

capítulo seis

Estamos esperando en la parada del autobús, en la nieve.

Mabel ya se había duchado y vestido cuando desperté. Abrí los ojos y dijo: "Vamos a algún lugar a desayunar. Quiero ver más de esta ciudad". Pero yo sabía que en realidad quería estar en otra parte, donde no estuviéramos solas y atrapadas en una habitación llena de las cosas que no queríamos decir.

Así que ahora estamos en la acera cubierta de blanco, árboles y montañas en todas direcciones. De vez en cuando pasa un auto y su color contrasta con la nieve.

Un auto azul.

Un auto rojo.

—Tengo entumecidos los dedos de los pies —dice Mabel.

—Yo también.

Un auto negro, uno verde.

—No siento la cara.

—Yo tampoco.

Mabel y yo hemos abordado autobuses juntas miles de veces, pero cuando aparece el autobús a la distancia nos resulta completamente ajeno. Es el paisaje incorrecto, el color incorrecto, el nombre y número de autobús incorrectos, la tarifa incorrecta y el acento incorrecto cuando el conductor dice: "Oyeron acerca de la tormenta, ¿cierto?".

Damos pasos vacilantes e interrumpidos, sin saber qué tanto avanzar o quién debería sentarse primero en alguna fila. Ella se hace a un lado para dejarme guiar, como si por el hecho de vivir aquí yo supiera qué asiento es el adecuado para nosotras. Continúo caminando hasta que se acaban las opciones. Nos sentamos al centro hasta atrás.

No sé qué significa una tormenta aquí. La nieve es muy suave al caer, nada como el granizo. No es ni siquiera como la lluvia tan fuerte que te despierta o ese viento que tira ramas de árboles a las calles.

El autobús se mueve lentamente aun sin tráfico.

—Dunkin' Donuts —dice Mabel—. He oído hablar de eso.

—A todos les gusta el café de ahí.

—¿Es bueno?

Me encojo de hombros.

—No es como el café al que estamos acostumbradas.

—¿Porque sólo es café-café?

Jalo un hilo suelto en la punta del dedo de mi guante.

—De hecho, no lo he probado.

—Ah.

—Creo que es como café de cafetería —digo.

Ahora evito las cafeterías. Cuando Hannah o sus amigas sugieren salir a comer, me aseguro de obtener el nombre del lugar y buscarlo. Me molestan por ser una esnob con la comida, un malentendido al que es fácil seguirle el juego, pero no soy tan quisquillosa para comer. Sólo me da miedo que un día algo me tome desprevenida. Café rancio. Rebanadas de queso americano. Jitomates duros, tan verdes que son blancos en el centro. Las cosas más inocentes pueden traer de vuelta lo más terrible.

Quiero estar más cerca de una ventana, así que me recorro en la fila. El vidrio está helado incluso a través del guante, y ahora que estamos más cerca de la zona comercial, las luces se alinean en la calle, encordadas de farola en farola.

Toda mi vida, el invierno ha significado cielos grises y lluvia, charcos y paraguas. El invierno nunca había sido así.

Coronas navideñas en cada puerta. Menorás en las repisas de las ventanas. Árboles de Navidad que titilan a través de cortinas entreabiertas. Presiono la frente contra el vidrio y veo mi reflejo. Quiero formar parte del mundo exterior.

Llegamos a nuestra parada y salimos al frío. El autobús arranca para revelar un árbol iluminado con adornos dorados en medio de la plaza.

Mi corazón se llena de alegría.

A pesar de ser cero religioso, al abuelo le encantaba el espectáculo. Cada año comprábamos un árbol en la calle Delancey. Unos chicos con tatuajes hechos en la cárcel amarraban el árbol al techo del auto y nosotros lo subíamos con dificultad por las escaleras. Yo traía las decoraciones del armario de la sala. Todas eran viejas. No sabía cuáles habían sido de mi madre y cuáles eran aún más viejas, pero no importaba. Eran mi única evidencia de una familia más grande que él y yo. Podíamos ser los únicos que quedábamos, pero seguíamos siendo parte de algo más grande. El abuelo horneaba galletas y hacía rompope desde cero. Escuchábamos música de Navidad en la radio y colgábamos adornos, luego nos sentábamos en el sofá a relajarnos con nuestras tazas y platos cubiertos de migajas para admirar nuestro trabajo.

—Santo cielo —decía él—. Eso sí que es un *árbol.*

El recuerdo acaba de aparecer, pero ya me siento mal. La duda me asalta. *¿Realmente era así?* La náusea se asienta en mi estómago. *Creías que lo conocías.*

Quiero comprar regalos para algunas personas.

Algo para Mabel. Algo para enviarles a Ana y Javier. Algo que dejarle a Hannah sobre su cama para cuando vuelva de las vacaciones, o podría llevarlo a Manhattan si es que voy a verla.

La ventana del taller de cerámica está iluminada. Parece demasiado temprano para estar abierto, pero echo un vistazo y veo que el letrero de la ventana dice BIENVENIDOS.

La primera vez que vine fue en el otoño y estaba demasiado nerviosa para mirar todo con atención. Era mi primera salida con Hannah y sus amigas. Me repetía a mí misma una y otra vez que debía actuar normal, reírme con ellas, decir algo de vez en cuando. Ellas no querían pasar demasiado tiempo adentro —estábamos paseando por todas las tiendas—, pero todo era hermoso y no podía imaginar irme con las manos vacías.

Elegí los tazones amarillos. Eran pesados y alegres, del tamaño perfecto para cereal o sopa. Ahora cada vez que Hannah usa uno, suspira y dice que desearía haber comprado unos para ella.

No hay nadie detrás del mostrador cuando entramos Mabel y yo, pero la tienda es cálida e iluminada, llena de tonos terrosos y esmaltados de colores. El calor resplandece en una estufa de leña y hay una silla de madera con una bufanda encima.

Primero me dirijo a los estantes de tazones, por el regalo de Hannah. Pensé en comprarle un par igual al mío, pero ahora hay de más colores, incluyendo un verde musgo que sé que le encantará. Tomo dos y miro a Mabel. Quiero que le guste este lugar.

Ella encontró una cuerda gruesa con campanas de distintos colores y tamaños en exhibición. Cada una tiene un patrón grabado. Toca una y el sonido que produce la hace sonreír. Siento que hice algo bien al traerla aquí.

—¡Ay, hola! —una mujer aparece en la puerta detrás del mostrador, con las manos en alto y cubiertas de barro. La recuerdo de la primera vez. Por alguna razón, no se me ocurrió que ella fuera la alfarera, pero saberlo hace todo aún mejor.

—Te he visto antes —dice.

—Vine hace un par de meses con mi compañera de habitación.

—Bienvenida de nuevo —dice—. Es un gusto volver a verte.

—Voy a colocar éstos en el mostrador en lo que sigo viendo —digo mientras dejo los tazones verdes.

—Sí, claro. Avísame si me necesitas. Estaré aquí atrás terminando algo.

Pongo los tazones junto a una pila de volantes que invitan a los clientes a una fiesta de tercer aniversario. Habría pensado que la tienda llevaba más tiempo aquí. Es tan cálida y acogedora. Me pregunto qué hacía ella antes de estar aquí. Debe de tener la edad de los padres de Mabel, con su cabello rubio canoso recogido con un pasador y las arrugas junto a los ojos cuando sonríe. No me fijé si llevaba anillo de matrimonio. No sé por qué, pero siento que algo le pasó, que hay dolor detrás de su sonrisa. Lo sentí la primera vez. Cuando tomó mi dinero, sentí que quería retenerme aquí. Me pregunto si hay una corriente secreta que conecta a la gente que ha perdido algo. No en el sentido en que todos pierden cosas, sino en el que te deshace la vida, te deshace a ti, de modo que cuando miras tu rostro, ya no es tuyo.

—¿Para quién son los tazones? —pregunta Mabel.

—Para Hannah.

Asiente con la cabeza.

—También quiero comprarles un regalo a tus padres. ¿Crees que les gustaría algo de aquí?

—Cualquier cosa —dice ella—. Todo lo que hay aquí es muy lindo.

Vemos algunas cosas juntas y luego doy otra vuelta. Mabel vuelve a deambular hacia las campanas. La veo revisar el precio de una. Ana y Javier tienen flores en todas las habitaciones de su casa, así que miro con detenimiento la esquina de los floreros.

—¿Qué tal éste? —le pregunto mostrándole uno redondo. Es color rosa opaco, suficientemente sutil como para quedar bien en sus habitaciones más iluminadas.

—Perfecto —dice—. Les va a encantar.

Elijo un regalo para mí también: una maceta para mi peperomia, del mismo color que el florero de Ana y Javier. He conservado mi pequeña planta en su maceta de plástico por suficiente tiempo y pienso que ésta se verá mucho más bonita.

Ahora la alfarera está sentada en el mostrador, tomando notas en una hoja de papel y, cuando le llevo el florero, me invade el deseo de quedarme. Le entrego mi tarjeta bancaria cuando me da el total y luego me armo de valor para preguntar.

—Quisiera preguntarle… —digo mientras ella envuelve el primer tazón con papel de china—, ¿de casualidad estás contratando?

—Oh —dice—. ¡Me gustaría! Pero sólo estoy yo. Es un

negocio diminuto.

—Está bien —digo intentando no parecer muy decepcionada—. Me encanta tu tienda, así que pensé en preguntar.

Ella deja de envolver por un momento.

—Gracias. —Me sonríe. Poco después, me entrega la bolsa con el florero y los tazones envueltos, y Mabel y yo regresamos a la calle nevada.

Pasamos con prisa frente a una tienda de mascotas y una oficina de correos, y entramos a un café, ambas temblando. Sólo hay una mesa ocupada y la mesera parece sorprendida de vernos. Toma un par de menús de una pila.

—Vamos a cerrar temprano debido a la tormenta —dice—. Pero podemos servirles de comer si se apuran a ordenar.

—Claro —digo.

—Sí —dice Mabel—. Está bien.

—¿Les ofrezco un café o un jugo de naranja para empezar?

—¿Capuchino? —pregunto.

Ella asiente con la cabeza.

—Igual para mí —dice Mabel—. Y comeré unos hot cakes.

Reviso rápidamente el menú.

—Huevos benedictinos, por favor.

—Gracias, señoritas —dice ella—. Y disculpen que me cruce un segundo...

Se inclina sobre nuestra mesa y voltea el letrero de la ventana para que se lea CERRADO desde afuera. Pero de nuestro lado, perfectamente posicionado entre Mabel y yo, dice ABIERTO. Si esto fuera un cuento, significaría algo.

La mesera se va y volvemos a mirar por la ventana. La

nieve cae diferente; ahora hay más.

—No puedo creer que vivas en un lugar tan frío.

—Lo sé.

Observamos el exterior en silencio. Pronto llegan nuestros cafés.

—Pero es muy bonito —digo—. ¿O no?

—Sí. Lo es.

Ella alcanza el platito de sobres de azúcar, saca uno rosa, uno blanco, uno azul. Los alinea y luego toma algunos más. No sé cómo interpretar el nerviosismo en sus manos y su expresión distante. Su boca es una línea apretada. En otro momento de mi vida, me habría inclinado sobre la mesa para besarla. En un momento más lejano, la habría molestado dispersando los sobres por la mesa. Si retrocediera hasta el momento en que nos conocimos, yo también habría construido un patrón y ambos se habrían expandido hasta encontrarse en el centro.

—¿Podemos volver a la razón por la que vine aquí? —pregunta Mabel.

Mi cuerpo se tensa. Me pregunto si lo nota.

No quiero que me haga toda una lista de razones para regresar a San Francisco, a casa de sus padres, porque sé que serán válidas. No tendré ninguna lógica para cuestionarlas. Sólo pareceré tonta o malagradecida.

—Quiero decir que sí —le digo.

—Y puedes. Sólo tienes que darte permiso. Solías pasar la mitad de tu tiempo ahí, de todos modos.

Tiene razón.

—Podremos vernos en vacaciones y siempre tendrás un lugar al cual volver. Mis padres quieren ayudarte con lo que necesites. Ya sea con dinero o consejos, o lo que sea. Podemos ser como hermanas —dice. Y luego se congela.

Mi corazón se detiene, algo timbra en mi cabeza.

Me acomodo el cabello detrás de la oreja. Miro la nieve.

—No quise... —se inclina hacia adelante y se sostiene la cabeza entre las manos.

Pienso en cómo el tiempo pasa diferente para cada persona. Mabel y Jacob, sus meses en Los Ángeles, meses llenos de hacer, ver e ir. Viajes en auto, el océano. Tanta vida apretujada en cada día. Y luego yo en mi habitación. Regando mi planta. Preparando tallarines. Lavando mis tazones amarillos noche tras noche tras noche.

—Está bien —digo. Pero no es verdad.

Pasa demasiado tiempo y ella sigue sin moverse.

—Sé lo que quisiste decir —digo.

Los platillos que ordenamos aparecen en la mesa. Una botella de miel de maple. Catsup para mis papas fritas caseras. Nos ocupamos comiendo, pero ninguna de las dos parece tener hambre. En cuanto llega la cuenta, suena el teléfono de Mabel. Deja su tarjeta de crédito sobre el recibo.

—Yo pago, ¿okey? —dice—. Ahora vuelvo.

Se lleva el teléfono a la parte trasera del restaurante y se sienta en un gabinete vacío, dándome la espalda.

Abandono nuestra mesa.

Está nevando más fuerte ahora. El encargado de la tienda de mascotas cuelga un letrero de CERRADO en su ventana, pero me siento aliviada cuando empujo la puerta del taller de cerámica y ésta se abre.

—¡Otra vez! —dice la mujer.

Yo sonrío. Me apena un poco volver, pero noto que a ella le da gusto cuando coloco la campana sobre el mostrador.

—No quería que mi amiga la viera —explico.

—Puedo envolverla en papel de china y podrías metértela

en el abrigo —dice.

—Perfecto.

Se mueve con rapidez porque sabe que tengo prisa, pero luego se detiene.

—¿Cuántas horas a la semana te interesarían? —pregunta—. Para el empleo.

—Estoy dispuesta a prácticamente lo que sea.

—Después de que te fuiste estuve pensando... En realidad, me vendría bien un poco de ayuda. Pero no podría pagar más que el salario mínimo y sólo un par de turnos por semana.

—Eso sería genial —digo—. Tengo clases, así que necesito tiempo para estudiar. Un par de turnos estaría perfecto.

—¿Te interesa hacer cerámica? Quizá podríamos arreglar algo para que uses el horno. Para compensar que no puedo pagarte mucho.

Me recorre una sensación de calor.

—¿En verdad?

Ella sonríe.

—Sí —dice—. Soy Claudia.

—Yo soy Marin.

—*Marin*. ¿Eres de California?

Asiento con la cabeza.

—Pasé unos meses en Fairfax. Caminaba todos los días por los bosques de secuoyas.

Fuerzo una sonrisa. Está esperando que conteste algo, pero no sé qué decirle.

—Debes de estar a la mitad de las vacaciones escolares…, pero sigues aquí.

Noto la preocupación detrás de sus ojos. Me pregunto qué ve ella detrás de los míos. *Por favor no lo eches a perder*, me digo a mí misma.

—Fairfax es hermoso —le digo—. De hecho, soy de San Francisco, pero mi familia ya no vive ahí. ¿Te puedo dar mis datos? Así puedes avisarme si decides que quieres ayuda.

—Sí —dice Claudia, me da una libreta y una pluma. Cuando se las devuelvo, dice—: Recibirás noticias mías a principios de enero. Justo después de Año Nuevo.

—Muy bien.

—Adiós, Marin —me entrega la campana envuelta en papel de china. Antes de soltarla, me mira a los ojos y dice—: Que tengas unas hermosas vacaciones.

—Tú también —siento un ardor en los ojos mientras salgo.

De vuelta en el café, Mabel no está en el gabinete, pero tampoco está en nuestra mesa, así que meto la campana en la bolsa de los otros regalos y espero. Me imagino en el taller de cerámica. Estoy recibiendo el dinero de un cliente y contando el cambio. Estoy envolviendo tazones amarillos en papel de china y diciendo: "Yo también tengo de éstos". Estoy diciendo: "Bienvenido" y "Feliz Año Nuevo". Estoy desempolvando estantes y trapeando el piso de mosaico. Aprendiendo a hacer fuego en el horno.

—Lo siento —dice Mabel, deslizándose frente a mí.

La mesera aparece un momento después.

—¡Volvieron! Pensé que se habían ido presas del pánico y olvidando su tarjeta de crédito.

—¿*Tú* dónde estabas? —pregunta Mabel.

Me encojo de hombros.

—Supongo que desaparecí un minuto.

—Bueno —dice—. Te has vuelto muy buena en eso.

capítulo siete

JUNIO

Ana estaba afuera cuando abrimos la reja del jardín frontal de Mabel. Llevaba su bata de pintor, el cabello sujetado de modo descuidado con pasadores dorados, y miraba fijamente su *collage* más reciente con un pincel y un pedazo de cuerda en la mano.

—¡Chicas! —dijo—. Las necesito.

Había podido entrever sus obras en progreso durante los tres años y medio que había sido amiga de Mabel. Todas las veces había sentido ráfagas de emociones, y ahora había surgido un respeto nuevo por esos momentos. Los *collages* de Ana habían sido expuestos en galerías famosas en San Francisco, Nueva York y la Ciudad de México durante años, pero los últimos meses había vendido parte de su obra a tres museos distintos. Su fotografía había empezado a salir en revistas. Javier las abría en la página donde empezaban los artículos sobre Ana y las dejaba en lugares importantes de la casa. Ana levantaba los brazos cada vez que veía una antes de agarrarla rápidamente y guardarla. "Se me van a subir los humos", nos decía. "Escondan eso de mi vista."

—Es más simple de lo usual —dijo Mabel, y al principio sonó verdadero.

Era un cielo nocturno, capas lisas de negro sobre negro, con estrellas tan resplandecientes que casi brillaban. Me acerqué. Las estrellas *sí* brillaban.

—¿Cómo hiciste eso? —pregunté.

Ana señaló un tazón lleno de rocas resplandecientes.

—Es oro de tontos —dijo—. Lo pulvericé.

Debajo de la capa superior había mucho más de lo evidente. Era tranquilo, quizá, pero no simple.

—No logro decidir qué más agregarle. Le falta algo, pero no sé qué. He intentado con estas plumas. He intentado con algo de cuerda. Quiero algo náutico. *Creo.*

Entendí por qué se sentía atorada. Lo que ya tenía era muy hermoso. ¿Cómo podría agregarle cosas sin quitarle *algo*?

—En fin —dijo, dejando sus pinceles—. ¿Cómo están mis niñas esta tarde? Ya veo que fueron de compras.

Habíamos pasado una hora en Forever 21 probándonos vestidos para la fiesta de Ben y ahora teníamos bolsas iguales, cada una con un vestido idéntico excepto por el color. El de Mabel era rojo y el mío era negro.

—¿Ya comieron? Javier hizo pozole.

—Ya empezó la fiesta, así que tenemos que apresurarnos... —dijo Mabel.

—Suban a tu habitación.

—No puedo esperar a ver qué decides.

Ana se volvió hacia su lienzo y suspiró.

—Yo tampoco, Marin. Yo tampoco.

Comenzamos con el maquillaje: aplicamos sombra de ojos entre cucharadas de caldo y tostadas. Mabel vació su joyero en la cama y buscamos accesorios. Yo elegí pulseras doradas y aretes brillantes color verde. Mabel eligió una pulsera de cuero trenzado. Pensó en cambiarse los broqueles de oro, pero decidió no hacerlo. Nos comimos las tostadas y nos terminamos el pozole que quedaba en nuestros tazones. Nos quitamos las camisetas y nos pusimos los vestidos, nos quitamos los jeans y nos miramos.

—Distintas, pero sólo lo suficiente —dije yo.

—Como siempre.

Desde que nos conocimos, nos llamó la atención la simetría de nuestros nombres. Una *M* seguida de una vocal, luego una consonante, luego una vocal, luego una consonante. Nos pareció importante. Pensamos que debía de significar algo. Como si una sensación similar hubiera iluminado a nuestras madres cuando nos nombraron. Como si el destino ya hubiera estado trabajando. Podíamos haber estado en países distintos, pero encontrarnos era sólo cuestión de tiempo..

Nos alistábamos para la fiesta mientras el tiempo corría y no nos apurábamos. El verdadero evento éramos nosotras, en su habitación. Evaluábamos nuestro maquillaje una y otra vez, aunque nos habíamos maquillado muy poco. Nos mostrábamos nuestros tazones vacíos y regresábamos a la cocina por más.

Íbamos de regreso a la habitación de Mabel cuando escuché a Ana y Javier hablando en la sala.

—¡Qué buena sopa! —le dije a Javier.

—¡A ver, hermosas niñas! —respondió Ana.

Estaban tumbados juntos en el sofá, Javier leía un libro, Ana revisaba una caja de pedacería y objetos pequeños, con la mente aún en su *collage*, intentando resolver el misterio que seguía.

—¡Oh! —dijo Ana cuando nos vio, consternada.

—No, *no-no-no-no* —dijo Javier.

—¿Qué se supone que significa eso? —preguntó Mabel.

—Significa que no vas a salir de la casa con ese vestido —dijo Javier.

—Vamos —dijo Mabel—. ¿Es en serio?

Javier dijo algo severo en español y Mabel se sonrojó de la indignación.

—Mamá —dijo ella.

Ana nos miraba alternadamente a Mabel y a mí. Se detuvo en Mabel y dijo:

—Parece lencería. Lo siento, *mi amor* pero no puedes salir así.

—Mamá —dijo Mabel—. ¡Ahora ya no tenemos tiempo!

—Tienes mucha ropa —dijo Javier.

—¿Qué tal el vestido amarillo? —sugirió Ana.

Mabel suspiró y subió las escaleras hecha una furia. Yo me quedé parada frente a ellos, con el mismo vestido que su hija, esperando que me dijeran algo. También sentí el rubor en mis mejillas, pero por vergüenza, no por indignación. Quería saber qué se sentía. Quería que me negaran algo.

Javier ya había vuelto a su libro, pero Ana me miraba. Podía verla tomando una decisión. Aún no sé qué habría dicho si yo me hubiera esperado un poco más. Si es que habría dicho algo. Pero la posibilidad de que no me mandara a cambiarme era aplastante. El abuelo nunca se fijaba en mi ropa.

No esperé a que sus ojos dejaran de divagar ni a que dijera las palabras correctas. Oí azotarse la puerta de Mabel y corrí tras ella. Estaba esculcando sus cajones y diciendo que toda su ropa era estúpida, incluso las cosas bonitas, pero no escuché porque estaba intentando decidir qué hacer. Tenía el par de jeans que llevaba puestos cuando llegué, pero mi camiseta era demasiado simple. Así que me quité el vestido y tomé las tijeras que Mabel guardaba en su escritorio para cortarlo justo debajo de la cintura.

—¿Qué estás haciendo? —dijo Mabel—. Tú no tienes que cambiarte.

—Se verá mejor así de cualquier forma —dije.

Me subí los jeans y me fajé la costura deshilachada de lo que solía ser un vestido. Me miré en el espejo y era verdad, se veía mejor. Cuando regresamos abajo, Javier halagó el nuevo atuendo de Mabel y la besó en la frente mientras ella mascullaba un "como sea" y ponía los ojos en blanco. Ana brincó de su lugar en el sofá y me tomó las manos.

—Te ves hermosa —dijo—. Buena elección.

Estaba radiante de gratitud al salir de la casa. Los padres de Mabel nos recordaron que tomáramos un taxi a casa, que no fuéramos con nuestros amigos si bebían, y que no camináramos si pasaban de las once. Respondimos que sí. Me fui flotando por la calle Guerrero, era una chica con su mejor amiga y alguien que tomaba buenas decisiones.

Había demasiada gente en casa de Ben. Se amontonaban en el vestíbulo y la cocina, y era difícil escuchar una palabra de lo que nos decían. Mabel señaló hacia la cocina y yo negué con la cabeza. No valía la pena. Vi a Ben en la sala y le di la mano a Mabel.

—¿Dónde está Laney? —le pregunté cuando nos acomodamos en el suave tapete verde; las luces de la ciudad atravesaban las ventanas, la nostalgia de todo se adueñaba de mí. En primero de secundaria, Ben y yo pasamos unos meses besándonos hasta que nos dimos cuenta de que nos divertíamos más charlando. No había estado en esa habitación con él en mucho tiempo, pero incluso con todos ahí y con tanto ruido, a pesar de la forma en que las personas alardeaban entre sí y se ponían más salvajes, recordé nuestras tardes apacibles, sólo él y yo y su perra, después de descubrir que estábamos destinados a ser sólo amigos.

—La encerré en la habitación de mis padres —dijo—. Se pone nerviosa con tanta gente. Pero puedes ir a saludarla, si quieres. ¿Recuerdas dónde están sus premios?

—Sí —dije—. Me acuerdo.

Habían pasado años, pero podía visualizar la lata de premios para perro en una repisa junto a una pila de libros de cocina. Me abrí paso entre grupos de personas hasta el pasillo junto a la cocina y ahí estaba la lata, justo como la recordaba. La habitación de los padres de Ben estaba en silencio y Laney gimoteó cuando entré. Cerré la puerta detrás de mí y me senté en la alfombra. Le di cinco premios, uno tras otro, como solíamos hacer cuando Ben y yo teníamos trece años. Me quedé ahí adentro, acariciándole la cabeza un rato más, porque se sentía especial estar en un lugar en donde los demás no tenían permiso de entrar.

Cuando volví a la sala y me senté entre Mabel y Ben, estaban en medio de una conversación con Courtney y otras personas.

—Básicamente, somos los únicos adolescentes en la ciudad —dijo un chico—. Todas las escuelas privadas están preocupadas porque están perdiendo estudiantes cada año.

—Quizá nos mudemos —dijo Courtney.

—¿Qué? —Ben sacudió la cabeza—. Has sido mi vecina desde, como, *toda la vida*.

—Lo sé. Es una locura. Pero comparto una habitación con mi hermano y ya no es divertido. Cuando era pequeño, estaba bien. Pero ahora que está entrando en la pubertad..., no tanto.

—¿A dónde irían? —le pregunté.

San Francisco siempre se ha sentido como una isla para mí, rodeada por su mítica bahía, al este con sus restaurantes y parques, y al norte con su riqueza y sus bosques de secuoyas. El sur de la ciudad era donde estaban enterrados nuestros muertos, pero no mi madre, cuyas cenizas regresaron al mar que la mató, que también era el océano que amaba. Más al sur había pequeños pueblos playeros, y luego Silicon Valley y Stanford. Pero la gente, todos los que conocía, todos a quienes había conocido en mi vida, todos vivían en la ciudad.

—Contra Costa —dijo Courtney.

—Qué asco —dijo Ben.

—Seguramente nunca has estado ahí.

—Probablemente estés en lo cierto.

—¡Esnob! —Courtney le dio un puñetazo en la pierna—. Está bien ahí. Hay muchos árboles. Estoy más que lista para tener tres habitaciones.

—Nosotros tenemos tres habitaciones. No puede ser tan difícil encontrar algo así. Quizá si salen hasta Sunset. Ahí vive Marin.

—¿Qué tan grande es donde vives? —me preguntó Courtney.

—Es una casa —dije—. Es bastante grande. Creo que tiene tres habitaciones.

—¿Cómo que *creo*?

—Mi abuelo vive en la parte trasera y yo en la delantera. Creo que hay dos habitaciones atrás. Quizá tres.

Courtney entrecerró los ojos.

—¿No has estado en la parte trasera de tu casa?

—No es tan extraño —dije—. Él tiene un estudio y una habitación, pero la habitación se abre hacia algo, ya sea un armario grande o una habitación pequeña. Sólo que no estoy segura de si técnicamente es una habitación o no.

—Las habitaciones deben tener armarios o de otra forma no se consideran habitaciones —nos informó Eleanor, hija de agentes de bienes raíces.

—Oh —dije—. Entonces son tres habitaciones. No tiene un armario.

—Probablemente sea una sala de estar —propuso Eleanor—, muchas casas viejas tienen una sala adjunta a la habitación principal.

Yo asentí con la cabeza, pero la verdad es que no estaba para nada segura. Sólo había echado vistazos al otro lado de su estudio un par de veces, pero así eran las cosas entre nosotros. Yo respetaba su privacidad y él la mía. A Mabel le habría encantado ese acuerdo, porque Ana se la pasaba hurgando en sus cajones.

Pero conforme se hacía más tarde, la gente llegaba y se iba, la música bajaba de volumen por quejas de los vecinos, y el alcohol fluía y se terminaba, yo seguía viendo la expresión de Courtney. Sus ojos entornados. Su tono de voz. "¿No has estado en la parte trasera de tu casa?"

Tenía razón. No había estado ahí.

Sólo me había detenido en el umbral de la puerta algunas noches en las que abue estaba en su estudio, sentado en su escritorio, fumando; tiraba la ceniza dándole un golpecito al cigarrillo en el cenicero de cristal y escribía sus cartas bajo la luz de una lámpara de escritorio anticuada, verde con una cadena de bronce. La mayor parte del tiempo la puerta estaba cerrada, pero de vez en cuando se quedaba entreabierta, por error, tal vez.

A veces decía "buenas noches" y él respondía. Pero la mayoría de las veces pasaba por ahí en silencio y procuraba no molestarlo, hasta que llegaba a nuestro territorio compartido y luego a mi habitación, donde sólo entrábamos Mabel y yo.

—¿Qué pasa? —me preguntó Mabel cuando estábamos de vuelta en la banqueta, esperando el taxi bajo la farola. Sacudí la cabeza—. Courtney estaba un poco agresiva.

Me encogí de hombros.

—No tiene importancia.

Seguía pensando en el abuelo en su escritorio. Seguía preguntándome por qué intentaba ser silenciosa cuando pasaba junto a sus habitaciones.

Sólo respetaba su privacidad. Era viejo y el blanco de sus ojos parecía tornarse más amarillo cada semana, tosía como si algo estuviera a punto de soltarse dentro de él. Una semana atrás había visto una mancha roja en su pañuelo cuando se lo retiró de la boca. Necesitaba descanso y silencio. Necesitaba reservar su fuerza. Sólo estaba siendo considerada. Es lo que haría cualquier persona.

Pero aun así..., dudas, dudas.

El taxi se detuvo y nos deslizamos en el asiento de atrás. El conductor miró a Mabel en el espejo retrovisor y ella le dio su dirección.

Él sonrió y le dijo algo en español en un tono tan insinuante que no hizo falta traducción.

Ella puso los ojos en blanco.

—¿*México*? —le preguntó él a ella.

—*Sí.*

—*Colombia* —dijo él.

—*Cien años de soledad* es uno de mis libros favoritos —sentí vergüenza incluso antes de terminar la oración. Sólo porque él era de Colombia no significaba que le importara.

Ajustó el espejo y me miró por primera vez.

—¿Te gusta García Márquez?

—Me encanta. ¿Y a ti?

—¿*Encantar*? No. ¿Admirar? Sí —dio la vuelta sobre Valencia. Alcanzamos a oír una carcajada desde la banqueta, que seguía abarrotada.

—*Cien años de soledad* —dijo el título en español—. ¿Es tu favorito? ¿En verdad?

—¿Es tan difícil de creer?

—A mucha gente le encanta ese libro. Pero tú eres tan joven.

Mabel dijo algo en español. Yo le di un manotazo en la pierna y ella me tomó la mano. La sujetó con fuerza.

—Sólo dije que eras demasiado lista para tu propio bien —dijo ella.

—Ah —le sonreí—. Gracias.

—*Inteligente,*[1] okey —dijo él—. Sí. Pero no lo pregunto por eso.

—¿Por todo lo del incesto? —pregunté.

—¡Ja! También eso. Pero no.

Se detuvo frente a la casa de Mabel y yo deseé que le diera la vuelta a la manzana. Mabel estaba apretada contra mí —había soltado mi mano pero seguíamos rozándonos— y yo no

---

[1] En español en el original. [N. de la T.]

sabía por qué se sentía tan bien, pero sabía que no quería que terminara. Y el conductor intentaba decirme algo sobre el libro que había leído tantas veces. El que descubría una y otra vez e intentaba comprender mejor. Deseé que diera vueltas toda la noche. El cuerpo de Mabel y el mío se relajarían uno sobre el otro. El auto se llenaría de ideas sobre la apasionada y torturada familia Buendía, la alguna vez grandiosa ciudad de Macondo, la forma en que García Márquez entretejía magia en tantas oraciones.

Pero él estacionó el auto. Giró para verme mejor.

—No me refiero a la dificultad. No me refiero al sexo. Me refiero a que hay muchos fracasos. No hay suficiente esperanza. Todo es desesperación. Todo es sufrimiento. Lo que quiero decir es que espero que no seas una persona que busque dolor. Hay suficiente de eso en la vida.

Y luego había terminado —el paseo en auto y la discusión, el cuerpo de Mabel junto al mío—, y entrábamos a su jardín y yo intentaba retenerlo todo. De pronto la noche se volvió más fría y otra vez tenía la voz de Courtney en la mente.

Quería sacarla de ahí.

Subimos las escaleras a la habitación de Mabel y ella cerró la puerta.

—Entonces, ¿él tenía razón? —me preguntó—. ¿Eres el tipo de persona que busca el dolor? ¿O sólo te gusta ese libro?

—No lo sé —le dije—. No creo ser ese tipo de persona.

—Yo tampoco —dijo ella—. Pero fue un comentario interesante.

Yo pensé que era más bien lo opuesto. Que bloqueaba el dolor. Lo encontraba en libros. La ficción me hacía llorar, no la realidad. La realidad no tenía confines ni adornos. En ella no había lenguaje poético, ni mariposas amarillas ni inundaciones épicas. No había una ciudad atrapada bajo el agua ni generaciones de hombres con el mismo nombre destinados a repetir los mismos errores. La realidad era lo suficientemente vasta como para ahogarse en ella.

—Pareces distraída —dijo Mabel.

—Sólo tengo sed —mentí—. Voy por agua.

Bajé descalza a la cocina y encendí la luz. Crucé hacia la vitrina por vasos y me di la vuelta para llenarlos cuando vi que Ana había colocado su *collage* sobre el mostrador con una nota al frente que decía: "*Gracias*,[2] Marin. Esto es exactamente lo que necesitaba".

Satín negro, los restos de mi vestido, ahora formaban olas en la parte inferior del lienzo. Era una noche negra, un océano negro. Pero la luz de la cocina hacía brillar las salpicaduras de estrellas de pirita, y de las olas surgían conchas pintadas a mano, blancas y rosas, de las que le encantaban a mi mamá.

Lo miré fijamente. Bebí mi vaso de agua y lo volví a llenar. Seguí mirando por un largo rato, pero no se me ocurrió una sola cosa que pudiera significar.

---

[2] En español en el original. [N. de la T.]

capítulo ocho

Ahora entiendo lo que es una tormenta de invierno en Nueva York. Estamos a salvo en mi habitación, pero afuera la nieve no sólo cae, sino que lo hace a cántaros desde el cielo. El suelo está desapareciendo. No hay más calles, no hay más caminos. Las ramas de los árboles están pesadas y blancas, y Mabel y yo estamos atrapadas en el dormitorio. Qué bueno que salimos temprano, qué bueno que volvimos cuando lo hicimos.

Sólo es la una y no iremos a ninguna parte por mucho tiempo.

—Estoy cansada —dice Mabel—. O quizá es sólo que el clima está bien para una siesta.

Me pregunto si le teme al resto de las horas del día. Quizá desea no haber venido.

Creo que yo también voy a cerrar los ojos, intentaré dormir y olvidarme de la sensación enfermiza, del susurro que dice que soy un desperdicio de su tiempo, de su dinero, de su esfuerzo.

Pero el susurro se hace más fuerte. La respiración de Mabel se torna profunda y estable con el sueño, y yo estoy despierta, mi mente a mil por hora. No respondí sus mensajes de texto. No devolví sus llamadas ni escuché sus mensajes de voz. Vino hasta Nueva York para invitarme a casa con ella y ni siquiera puedo decirle que sí. *Un desperdicio, un desperdicio.*

Me quedo acostada como una hora, hasta que ya no puedo más.

Puedo mejorar esto.

Aún hay tiempo.

Cuando regreso a mi habitación veinte minutos después, llevo dos platos de quesadillas, perfectamente doradas por ambos lados, cubiertas con crema ácida y salsa. Llevo dos aguas minerales de toronja apretadas entre el codo y las costillas. Empujo la puerta para abrirla, agradecida de que Mabel está despierta. Está sentada en la cama de Hannah, mirando por la ventana. Blanco puro. El mundo entero debe de estarse congelando.

En cuanto me ve, corre a ayudarme con los platos y las botellas.

—Desperté muerta de hambre —dice.

—Las tiendas de aquí no tienen *crema*[1] —digo—. Espero que la crema ácida esté bien.

Da una mordida y asiente con la cabeza como gesto de aprobación. Abrimos nuestras botellas: un chasquido, un siseo. Intento determinar cuál es el sentimiento entre nosotras en este momento y espero que algo haya cambiado, que podamos estar, por un ratito, cómodas una con la otra. Comemos en silencio por el hambre, excepto por un par de comentarios sobre la nieve.

Me pregunto si volveremos a estar bien. Espero que sí.

Mabel camina hacia a la ventana, cada vez más oscura, para mirar mi peperomia.

---

[1] En español en el original. [N. de la T.]

—El contorno de estas hojas es rosa —dice—. No lo había notado. Veamos cómo se ve en tu maceta nueva.

Se acerca a la bolsa del taller de cerámica.

—¡No mires! —digo—. Hay algo para ti ahí dentro.

—¿A qué te refieres? ¡Vi todo lo que compraste!

—No *todo* —digo, sonriendo.

Está contenta, impresionada conmigo. Me está mirando como antes.

—Yo también tengo algo para ti —dice—. Pero está en casa, así que tendrás que volver conmigo para obtenerlo.

Sin querer, desvío la mirada.

—Marin —dice—. ¿Hay algo que no sepa? ¿Familiares recién descubiertos? ¿Alguna sociedad secreta o culto o algo? Porque hasta donde sé, no tienes a nadie. Y te estoy ofreciendo algo enorme y realmente bueno.

—Lo sé. Lo siento.

—Pensé que mis padres te caían bien.

—Por supuesto que me caen bien.

—Mira esto —dice, levantando su teléfono—. Mi mamá me la envió por mensaje de texto. Iba a ser una sorpresa.

Gira la pantalla hacia mí.

Mi nombre, pintado con la extravagante caligrafía de Ana sobre una puerta.

—¿Mi propia habitación?

—La remodelaron por completo para ti.

Entiendo por qué está enojada. Debería ser muy sencillo decir que sí.

Y quiero hacerlo.

Las paredes de su cuarto de visitas son de un azul vivo, no es el color de pintura sino el pigmento del yeso en sí. El piso de madera está perfectamente desgastado. Jamás tienes que preocuparte por rayarlo. Me puedo imaginar a mí misma ahí, una visita permanente en mi cuarto de visitas, caminando descalza hacia la cocina para servirme tazas de café o vasos de agua. Les ayudaría a preparar sus deliciosos banquetes, a reunir puñados de salvia y tomillo de su huerto en el jardín delantero.

Puedo imaginar cómo se vería vivir ahí y sé qué cosas haría, pero no puedo sentirlo.

No puedo decir que sí.

Acabo de aprender a estar aquí. La vida es tan delgada y frágil como una hoja de papel. Cualquier cambio repentino podría rasgarla en dos.

La alberca, ciertas tiendas en cierta calle, el supermercado, este dormitorio, los edificios donde tomo mis clases... En todos esos lugares me siento lo más segura que puedo, que no es para nada suficiente.

Cuando salgo del campus, nunca doy vuelta a la derecha porque pasaría demasiado cerca del motel. No puedo ni pensar en abordar un avión a San Francisco. Sería volar hacia las ruinas. Pero ¿cómo podría comenzar a explicarle? Hasta los buenos lugares están llenos de fantasmas. Pensar en subir los escalones a la puerta principal de Mabel o al autobús 31 me atemoriza. No puedo ni pensar en mi vieja casa o en Ocean Beach sin que el pánico se apodere de mí.

—Oye —dice con suavidad—. ¿Estás bien?

Asiento con la cabeza, pero no sé si es verdad.

El silencio en mi casa. La comida que quedó intacta sobre el mostrador de la cocina. El pánico agudo de saber que estaba sola.

—Estás temblando —dice.

Necesito nadar. Esa zambullida en el agua. Ese silencio. Cierro los ojos e intento sentirlo.

—¿Marin? ¿Qué está pasando?

—Sólo intento... —digo.

—¿Intentas qué?

—¿Me puedes contar algo?

—Claro.

—Lo que sea. Cuéntame sobre alguna de tus clases.

—Está bien. Estoy tomando historia del arte. Creo que podría tomarla como segunda especialización. De verdad me encanta el arte mexicano, lo cual hace muy feliz a mi mamá. Como Frida Kahlo. Sus pinturas son tan... *fuertes*. Están todos los autorretratos, los acercamientos a su rostro y a sus hombros con variaciones. A veces lleva animales consigo, como monos, un extraño perro sin pelo, ese tipo de cosas. Y algunas son más sencillas. ¿Está bien esto? ¿Estoy ayudando?

Asiento con la cabeza.

—Mi favorita actualmente se llama *Las dos Fridas*. Es básicamente como suena. Hay dos versiones de ella sentadas una junto a otra en una banca. Una lleva un largo vestido blanco de corpiño elaborado y cuello de encaje, y la otra está vestida con... No lo recuerdo con exactitud. Algo más relajado. Pero lo que realmente me gusta es que puedes ver sus corazones. Puedes mirar dentro de sus pechos. O quizá sus corazones están fuera de su pecho. Es un tanto macabra, como la mayoría de sus pinturas, pero también es dramática y hermosa.

—Me gustaría verla.

—Puedo buscarla, si quieres. Espera un segundo.

Abro los ojos.

Estamos en mi habitación.

Mis manos están quietas.

Toma mi computadora del escritorio y hace una búsqueda. Se sienta junto a mí y coloca la pantalla entre las dos, la apoya en una rodilla mía y en una suya. La pintura es como la describió, pero también hay más. Detrás de las dos Fridas hay nubes de tormenta azul grisáceas y blancas.

—No puedo saber —digo— si el problema se aproxima o si ya pasó y las dejó.

—O quizás están en medio del asunto. Algo está pasando con los corazones.

Los corazones están conectados por una delgada línea roja. Una vena. Está sangrando sobre la Frida con el vestido blanco, quien sostiene un par de tijeras. Señalo su corazón.

—Estamos mirando dentro de su pecho para verlo —digo—. Y parece doloroso. Pero la otra... —la señalo—. Creo que su corazón está fuera de su cuerpo. Sigue entero.

—Tienes razón —dice Mabel.

La del vestido blanco tiene tijeras, ésta tiene otra cosa.

—¿Qué está sosteniendo?

—Es un diminuto retrato de Diego Rivera. Lo pintó durante su divorcio.

—Así que se trata de que lo perdió —digo.

—Sí, supongo —dice—. Eso es lo que dice mi profesor. Pero ¿eso no lo hace demasiado fácil?

Giro la cabeza para ver a Mabel.

—¿Es mejor si es complicado? —digo.

Sonríe.

—Pues, obvio.

Echo otro vistazo a la pantalla.

—Aunque quizás en realidad *sí* es tan simple como parece. Era una persona antes. Tenía un corazón entero y al hombre que amaba. Estaba tranquila. Y luego algo sucedió y la cambió. Y ahora está herida.

—¿Estás tratando de decirme algo? —dice Mabel—. ¿Al fin me estás respondiendo? Si necesitas hacerlo así, con gusto te busco un montón de pinturas para analizar.

—No, digo, sí… Sé cómo se siente. Pero no es eso lo que estoy haciendo. Sólo estoy observando tu pintura.

—Lo que más me encanta acerca de ella —dice Mabel— es cómo se toman de las manos justo al centro del cuadro. Es muy importante. Es de lo que se trata todo, según yo.

—Podría significar muchas cosas.

—¿Como qué? Yo sólo creo que las Fridas siguen conectadas. Aunque ha cambiado, sigue siendo la misma persona.

—Sí, podría significar eso —digo—. Pero también podría ser otra cosa. Como si la que está entera intentara jalar a la que está herida de vuelta hacia ella, como si pudiera deshacer lo que le pasó. O como si la que está herida estuviera guiando su viejo ser hacia su nueva vida. O podría ser que casi se separaron por completo y están tomadas de las manos en un último momento de conexión antes de alejarse del todo.

Mabel mira fijamente la imagen.

—Y ¿por qué estás cambiando de especialidad? —pregunta.

—Porque ¿no sería mejor si estar tomadas de las manos sólo significara que están conectadas, y no tener que pensar en otras posibilidades?

—No —dice ella—. Para nada. Eso no sería *de ninguna manera* mejor que darte cuenta de que hay muchas formas de ver una cosa. Ahora amo esta pintura aún más.

Coloca la computadora sobre la cama. Se levanta y me mira, molesta.

—¿Es en serio? —dice—. ¿*Ciencias naturales*?

Y luego todo se oscurece.

capítulo nueve

Decidimos que no hace falta preocuparnos porque, a pesar de que hace frío y la temperatura baja cada vez más aquí dentro, tenemos chamarras y cobijas. En todo caso, podemos forzar cerraduras en busca de velas. Por lo pronto, tenemos algunas velas de té del cajón de Hannah.

Nuestros teléfonos celulares aún tienen batería, pero los estamos utilizando con moderación y de cualquier manera no hay Wi-Fi.

—¿Recuerdas cuando se fue la luz en segundo de preparatoria? —pregunta Mabel.

—Te obligué a escucharme leer toda la noche.

—Sylvia Plath y Anne Sexton.

—Correcto. Eran poemas oscuros.

—Sí, pero también divertidos.

—Eran desafiantes —digo—. Recuerdo las chispas, recuerdo cómo las palabras me hacían sentir peligrosa y fuerte. "Lady Lázaro" y "Papi" y todos los cuentos de hadas reimaginados por Anna Sexton.

—En mi clase de literatura escuchamos una grabación de Sylvia Plath. Su voz no era como pensaba.

Conozco esas grabaciones. Solía escucharlas en línea algunas veces por la noche. Cada palabra era como una daga.

—¿Cómo creíste que sonaría? —le pregunto.

Se encoge de hombros.

—Como tú, supongo.

Nos quedamos en silencio. Mientras más frío hace, más difícil es no preocuparse. ¿Y si no podemos forzar cerraduras? ¿Y si la electricidad no regresa en días? ¿Y si nos enfriamos demasiado mientras dormimos y no despertamos a tiempo para salvarnos?

—Quizá deberíamos apagar nuestros teléfonos —digo—. En caso de que los necesitemos más tarde.

Mabel asiente con la cabeza. Mira su teléfono y me pregunto si está pensando en llamar a Jacob antes de apagarlo. La luz de la pantalla se proyecta sobre su rostro, pero no puedo leer su expresión. Luego aprieta un botón y su rostro se oscurece de nuevo.

Atravieso la habitación para buscar el mío. No lo tengo cerca de mí todo el tiempo como ella, o como solía hacerlo. No recibo muchos mensajes de texto ni llamadas. Lo encuentro junto a la bolsa de la tienda de cerámica de Claudia. Lo levanto, pero antes de apagarlo, suena.

—¿Quién es? —pregunta Mabel.

—No lo sé —digo—. El código de área es de aquí.

—Deberías contestar.

—¿Hola?

—No sé cuánto tiempo planeabas soportarlo —dice un hombre—. Pero me imagino que está haciendo mucho frío ahí dentro. Y se ve tremendamente oscuro.

Miro por la ventana. El encargado de mantenimiento está parado en la nieve. No podría verlo si no fuera por los faros de su camioneta.

—Mabel —susurro. Levanta la vista de su teléfono y se para junto a mí.

Levanto una de las velas de té y la ondeo frente a la ventana, un diminuto saludo que no sé si pueda ver desde allá. Levanta una mano para saludar.

—Pero tú tampoco tienes electricidad, ¿o sí? —pregunto.

—No —dice—. Pero yo no vivo en un dormitorio.

Apagamos las velas. Nos ponemos las botas y tomamos nuestros cepillos de dientes. Y luego estamos afuera, en el frío imposible, dejando un sendero de huellas en la nieve desde la entrada del dormitorio hasta donde está parada la camioneta.

Es más joven de cerca. No es *tan joven*, pero tampoco viejo.

—Tommy —dice. Extiende la mano y yo la estrecho.

—Marin.

—Mabel.

—Marin. Mabel. Tienen suerte, hay una chimenea en mi sala y también un sofá cama.

Aunque me alegra oír eso, no me doy cuenta de que esto es lo que necesitábamos hasta que entramos a su pequeña cabaña a las afueras del campus. Me había enfriado tanto que casi olvidé cómo se sentía la temperatura normal. Su chimenea chispea y brilla, arroja luz hacia el techo y los muros.

—También tengo el horno encendido. Ese vejestorio podría calentar la casa por sí solo, sólo tengan cuidado de no tocarlo.

Las paredes están cubiertas de paneles de madera y todo está desgastado y suave. Tapetes sobre tapetes, sofás y sillones con demasiado relleno, todos con cobijas desparramadas encima. No ofrece mostrarnos el lugar, pero es un espacio pequeño y podemos verlo casi por completo desde donde estamos. Esperamos a que nos dé una señal para saber si pasaremos la noche hablando de cosas sin importancia o si dirá buenas noches y se retirará hacia la puerta al final del corto pasillo.

—Apenas son las seis y media —dice Tommy—. Supongo que no han comido.

—Comimos algo hace unas horas —digo—. Pero no hemos cenado.

—Yo no ceno gran cosa, pero tengo algo de pasta y un frasco de salsa...

Nos muestra cómo encender la hornilla en su estufa anticuada, con un cerillo, y llena una pesada olla plateada con agua. Saca el espagueti de una lata; no le queda mucho adentro.

—Como dije, no ceno gran cosa. Espero que esto sea suficiente para las dos.

No puedo decidir si está mintiendo. Debí pensar en toda la comida en el refrigerador del dormitorio antes de irnos, pero no puedo ni imaginar en regresar a la nieve y la oscuridad, ni en caminar todo ese trayecto.

—¿Estás seguro? —pregunta Mabel—. Podríamos hacerlo rendir para todos. No necesitamos mucho.

—No, no, estoy seguro —vuelve a mirar dentro de la lata y frunce el ceño. Luego abre el congelador—. ¡Lotería! —saca una bolsa de panecillos congelados.

—Y el horno ya está precalentado —digo.

—Estaba predestinado. Comeré un par de panecillos y unas rebanadas de queso. Ustedes cómanse la pasta y el resto de los panecillos, y cualquier cosa que vean y se les antoje.

Abre el refrigerador para que podamos dar un vistazo. No hay mucho dentro, pero está limpio y perfectamente ordenado.

—Suena genial —dice Mabel, pero yo sólo asiento con la cabeza.

Ésta es la primera vez que estoy en un hogar desde que dejé el mío. Mis ojos se están acostumbrando a la oscuridad, cada cosa nueva que logro ver me llena de asombro.

Hay unos cuantos platos en el fregadero y un par de pantuflas junto a la puerta. El congelador tiene tres fotografías: un niño pequeño, Tommy con algunos amigos, un hombre en uniforme militar. Hay libros esparcidos a lo largo de la mesita de centro junto con dos controles de videojuegos.

Nada en el refrigerador está etiquetado. Todo lo que hay aquí es suyo.

Durante toda mi vida hubo una cobija azul y dorada en la sala, sobre el sillón reclinable del abuelo. Pasé muchas horas de invierno acurrucada debajo de ella, leyendo mis libros, dormitando. Estaba raída en algunas partes, pero aun así me daba calor.

No sé dónde está ahora.

La quiero.

—Marin —dice Tommy—. Necesitaba ponerme en contacto contigo de todas formas. Me iré del campus en Navidad y probablemente pasaré la noche fuera. Estaré con unos amigos en Beacon. Llámame si algo sale mal, y aquí están los teléfonos de la policía y la estación de bomberos. Llama a estas líneas directas, no al 911.

—Está bien. Gracias —digo con cuidado de no mirar a Mabel. Quisiera poder preguntarle si sabe qué sucedió con todas nuestras cosas. ¿Alguien habrá guardado algo? ¿Se habrán preguntado dónde estaba yo?

Ana y Javier. Ellos me esperaron en la comisaría. ¿A dónde fueron después de enterarse de que me había ido? La cara que deben de haber puesto... No quiero ni imaginarla.

¿Por qué no digo sólo que sí? ¿Por qué no tomo el avión a casa con ellos y me disculpo por mi acto de desaparición y acepto su perdón cuando lo otorguen y duermo en la cama que prepararon para mí en la habitación con mi nombre en la puerta?

Si pudiera revertir mi decisión en la comisaría, no habría salido por la puerta trasera. Las dos semanas en el motel nunca habrían sucedido y pensar en café barato no me daría náuseas.

Tommy mete los panecillos congelados al horno. Enciende la flama de una hornilla con un cerillo y dice:

—Qué bueno que es de gas —Mabel asiente con la cabeza y yo también.

Pero no tengo apetito.

—Todavía tengo mucho frío por alguna razón —digo—. Me sentaré junto a la chimenea, si no hay problema.

—Adelante. En cuanto estén listos los panecillos me iré a la parte trasera y ustedes pueden ponerse cómodas. Tengo algunos regalos que envolver y sólo esperaba una excusa para irme temprano a la cama. El apagón es pretexto suficiente.

Así que me acomodo en un sillón y observo el fuego. Pienso en todas las cosas que solían ser mi hogar.

La cobija.

Las ollas de cobre heredadas de la madre del abuelo.

La mesa redonda de la cocina y la mesa rectangular del comedor.

Las sillas con sus cojines raídos y respaldos de mimbre.

La vajilla de porcelana de mi abuela, cubierta de diminutas flores rojas.

Las tazas todas distintas, las delicadas tacitas de té, las cucharas pequeñitas.

El reloj de madera con su fuerte tic-tac-tic-tac y la pintura al óleo de la aldea donde nació el abuelo.

Las fotografías teñidas a mano colgadas en el pasillo, los cojines bordados en el sofá, la siempre cambiante lista de compras pegada al refrigerador con un imán en forma de Boston Terrier.

La cobija, de nuevo, azul y dorada, y suave.

Ahora Tommy dice buenas noches y camina por el pasillo. Mabel está en la sala conmigo, coloca pequeños tazones de pasta en la mesita de centro y se acomoda en el piso.

Yo como, pero no sabe a nada. Como, pero ni siquiera sé si tengo hambre.

capítulo diez

JUNIO

Habían pasado unas semanas desde la noche en casa de Ben y lo del taxista colombiano, y Mabel y yo decidimos escaparnos solas. Ana y Javier siempre se quedaban despiertos hasta tarde, a veces hasta entrada la madrugada, así que me dormí un poco después de las diez, sabiendo que mi teléfono sonaría unas horas más tarde para anunciar su llegada y entonces me escaparía.

El abuelo preparaba la cena a las seis casi todas las noches. Por lo general, comíamos en la cocina, a menos que preparara algo sofisticado, en cuyo caso me pedía que pusiera la mesa del comedor, donde habría unos candelabros resplandecientes de latón entre nosotros. Después de la cena, él lavaba los platos y yo los secaba hasta que la cocina quedaba tan limpia como era posible dada su edad y su uso constante. Luego el abuelo se iba a sus habitaciones traseras para fumar cigarrillos, escribir cartas y leer.

Sonó mi teléfono y me fui sin hacer ruido. No sabía si estaba rompiendo alguna regla. A lo mejor el abuelo no habría tenido problema con que Mabel y yo fuéramos a la playa de noche para sentarnos a contemplar las olas y platicar. Podría haberle preguntado, pero no funcionaba así entre nosotros.

Mabel estaba en la banqueta, su cabello oscuro salía por debajo de un gorro tejido y llevaba guantes sin dedos en las manos entrelazadas. Yo llevaba un impermeable sobre el suéter.

—Pareces esquimal —dijo—. ¿Cómo voy a ofrecerte ayuda para mantenerte caliente?

Nos reímos.

—Me lo puedo quitar, si quieres, nena —bromeé.

—¿Por qué no corres arriba, te deshaces de esa chamarra y regresas con un poco de whisky del abuelo?

—De hecho, un whisky no es mala idea.

Regresé adentro y crucé la sala, pasé las puertas corredizas abiertas hacia el comedor y tomé una botella de whisky que siempre estaba en el gabinete empotrado.

Luego volví a la calle, escondiéndome la botella debajo de la chamarra. Dos chicas caminando a la playa de noche era una cosa. Añadir una botella abierta y visible era invitar a la policía a detenernos.

Eran casi las tres de la mañana y la ciudad estaba quieta. No pasó un solo auto en las cuatro cuadras a la playa. No tuvimos que fijarnos en los cruces peatonales. Pasamos directo de la calle a la arena, subimos por una duna y llegamos a la orilla del agua negra. Esperaba que mis ojos se adaptaran a la oscuridad, pero no sucedía, así que finalmente me entregué a ella.

—¿Recuerdas cómo solíamos practicar besos? —pregunté destapando el whisky.

—Estábamos decididas a ser expertas para cuando llegáramos a segundo de prepa.

—Expertas —dije riendo. Bebí un sorbo y la quemazón me sorprendió. Estábamos acostumbradas a cervezas robadas o a vodka mezclado con cualquier jugo que hubiera en la alacena de nuestros amigos—. Aquí tienes, bebe bajo tu propio riesgo —dije en tono áspero.

Mabel bebió un sorbo y tosió.

—Estábamos tan risueñas y nerviosas —dije, recordando como éramos en el primer año—. No teníamos idea de lo que significaba estar en la preparatoria. Cómo comportarnos, de qué hablar...

—Fue muy divertido.

—¿Qué fue divertido?

—Todo. Déjame probarlo otra vez —su mano tanteó en la oscuridad buscando la botella, la encontró y yo la solté. Inclinó su rostro hacia la luna difusa. Me regresó la botella. Le di un trago.

—Estuvo mejor esta vez —dijo, y tenía razón. Y con cada sorbo fue más fácil tragar, y pronto mi cuerpo se sentía pesado y mi cabeza flotaba, y todo lo que decía Mabel me hacía reír y cada cosa que recordaba tenía un significado profundo.

Luego estuvimos en silencio un rato, hasta que ella se sentó.

—Ha pasado mucho tiempo desde que practicamos —dijo gateando hacia mí hasta que nuestras narices se tocaron. Una risa empezó a formarse en mi garganta, pero luego puso su boca sobre la mía.

Labios húmedos.

Lengua suave.

Sus piernas abrazaron mi cintura y nos besamos con más fuerza. Pronto estábamos acostadas sobre la arena y enredaba mechones de su cabello espeso por la sal entre mis dedos.

Me bajó el cierre del impermeable. Sus manos frías encontraron el camino bajo mi suéter mientras me besaba el cuello.

—¿Qué diría la hermana Josephine? —susurré.

Sentí su sonrisa contra mi clavícula.

Le tomó un par de intentos desabrocharme el sostén con una mano, pero cuando lo hizo, el aire frío contra mi piel no fue nada comparado con el calor de su aliento. Yo desabotoné su suéter y le levanté el sostén por encima de los senos sin desabrocharlo. Nunca me había sentido tan voraz. No es que tuviera mucha experiencia. No es que estuviera acostumbrada a ser tocada de esa forma. Pero aunque ya me hubieran besado decenas de bocas, sabría que esto era distinto.

Ya la amaba.

Con nuestros jeans desabrochados y los dedos de Mabel rozando el elástico de mi ropa interior, dijo:

—Si nos arrepentimos de esto mañana, podemos culpar al whisky.

Pero el cielo se atenuaba de negro a gris: ya era mañana. Y yo no me arrepentía de nada.

Abrimos los ojos a la niebla matutina, una parvada de correlimos surcaba el cielo a toda velocidad. Sostenía la mano de Mabel en la mía y yo miraba sus dedos, más pequeños que los míos y unos cuantos tonos más oscuros, y los quería bajo mi ropa de nuevo, pero no me atrevía a decirlo.

Nos sentíamos expuestas sin la oscuridad, y las personas que tenían que trabajar temprano ya iban en camino. Los del turno nocturno finalmente podían descansar. Tuvimos que esperar en todos los cruces peatonales.

—¿Qué pensarán todos ellos de nosotras? —pregunté.

—Bueno, está claro que no somos indigentes. Tu chamarra es demasiado bonita.

—Y no acabamos de caernos de la cama.

—Correcto —dijo—. Porque estamos cubiertas de arena.

El semáforo cambió de color y cruzamos la Gran Avenida.

—Quizá creen que somos criaturas de la playa —dije.

—¿Sirenas?

—Nos faltan las colas.

—Quizá creen que somos pepenadoras, despiertas desde temprano para peinar la arena.

—Sí —dije yo—. Como si tuvieras unos cuantos relojes de oro en los bolsillos, y yo algunas argollas matrimoniales y unos rollos de efectivo.

—Perfecto.

Yo estaba consciente de que nuestras voces sonaban un poco más agudas de lo normal y nuestras palabras, aceleradas. Estaba consciente de cómo no nos habíamos mirado a la cara desde que nos levantamos y nos sacudimos la arena de la ropa. Estaba consciente de la arena que aún tenía adherida a la piel, y del olor de Mabel en todas partes.

El abuelo nos divisó antes de que lo viéramos. Nos saludaba desde el otro lado de la calle con un brazo mientras jalaba el bote de basura a la orilla de la banqueta con el otro.

—¡Hola, chicas! —gritó como si fuera una sorpresa agradable vernos afuera tan temprano.

No sabíamos qué decir mientras caminábamos hacia él.

—Buenos días, abue —me atreví a decir al fin, pero para entonces su expresión había cambiado.

—Mi whisky.

Seguí su mirada. No me había dado cuenta de que Mabel traía la botella así, del cuello, totalmente expuesta.

Pudo haber visto nuestros labios hinchados de besarnos y nuestros rostros sonrojados. Pudo haber visto que no podíamos mirarlo ni mirarnos a los ojos. Pero en lugar de eso, miraba la botella.

—Lo siento, abue —dije—. Sólo tomamos unos cuantos tragos.

—Somos de peso ligero —intentó bromear Mabel, pero su voz estaba llena de remordimiento.

Él estiró el brazo y ella le entregó la botella. La sostuvo al nivel de los ojos para echar un buen vistazo al contenido.

—Está bien —dijo—. Sólo fue un poco.

—De verdad, lo siento —dijo Mabel.

Deseé estar con ella en la playa. Anhelé que el cielo volviera a oscurecerse.

—Hay que tener cuidado con esto —dijo el abuelo—. Es mejor no meterse con él para nada.

Asentí con la cabeza, intentando recordar cómo fue besar la boca de Mabel.

Quería que me mirara.

—Debo irme a casa —dijo ella.

—Que tengas un buen día en la escuela —le dijo el abuelo.

—Gracias.

Ella estaba de pie en la banqueta, con sus jeans desgarrados y un suéter. El cabello oscuro le caía a un lado, tan largo que le rozaba el codo. Tenía el ceño fruncido y los ojos tristes hasta que me descubrió, me miró por fin y sonrió.

—Espero que no tengas problemas —dije, pero ¿cómo podrían encontrarnos los problemas?

Éramos milagrosas.

Éramos criaturas de la playa.

Teníamos tesoros en los bolsillos y una a la otra en la piel.

capítulo once

Arriba de mí están colgados la cabeza y cuello de un venado. Un ciervo, supongo. Sus cuernos proyectan sombras largas y elegantes sobre el muro. Lo imagino vivo, en un prado en algún lugar. Imagino la primavera, pasto y flores, huellas, movimiento y un cuerpo intacto. Pero ahora sólo está la quietud y gotas de cera y silencio. Están los fantasmas de quienes solíamos ser. Está el tintineo que hace Mabel al colocar nuestros tazones de la cena en el fregadero de Tommy, y el agotamiento de saber que algo tiene que suceder enseguida, y algo más después de eso, y así sucesivamente hasta que todo haya terminado.

Todavía no hemos hablado de cómo vamos a dormir. Sobre el sofá hay un juego de sábanas y un edredón, un recordatorio de que supuestamente tenemos que compartir ese espacio.

Quizá nos quedemos despiertas toda la noche.

Mabel regresa de la cocina. Camina hacia el librero y toma una baraja.

Gira para mostrármela y yo asiento con la cabeza. Revuelve las cartas y reparte diez para mí, diez para ella, coloca una carta cara arriba. Reina de espadas. No puedo creer que no compré una baraja para nosotras. Hubiera sido la respuesta a la pregunta de qué hacer cada vez que surgía. No habríamos tenido que obligarnos a dormir para prevenir la necesidad de conversar.

Nos sumergimos en una partida de Gin Rummy como si no hubiera pasado el tiempo. Termino la primera ronda con doce puntos de ventaja y Mabel se levanta para buscar lápiz y papel. Vuelve con un marcador y una tarjeta publicitaria que anuncia un lote de árboles de Navidad. "Nada supera el olor de un pino recién talado", dice, y bajo la frase hay fotografías de tres tipos de abetos: Douglas, noble y grande. Mabel escribe nuestros nombres bajo una P. D. —"¡También tenemos coronas!"— y añade el puntaje.

Es un juego reñido, lo que significa que es largo, y durante la última mano se me nubla la vista por el cansancio y el esfuerzo de ver en la oscuridad. A Mabel se le olvida constantemente a quién le toca, aunque sólo somos dos, pero al final consigue el Gin y gana el juego.

—Bien hecho —digo, y ella sonríe.

—Me voy a preparar para dormir.

No me muevo para nada en el tiempo que ella no está en la sala. Quizá quiere que yo abra la cama, pero no lo haré. Es una decisión que debemos tomar juntas.

Regresa unos minutos después.

—Cuidado —dice—. Algunas velas ya se consumieron. Está muy oscuro allá atrás.

—Está bien —digo—. Gracias.

Espero a que haga o diga algo.

Al final, pregunto:

—¿Preparamos la cama?

Incluso en la oscuridad, puedo ver su preocupación.

—¿Ves otras opciones? —le pregunto. Sólo hay un par de sillas y el suelo.

—Ese tapete es bastante suave —dice.

—Bueno, si eso es lo que quieres.

—No es lo que *quiero*. Es sólo...

—No tienes por qué contárselo. Y sólo es dormir, de cualquier forma —sacudo la cabeza. Después de todo lo que pasó, esto es una estupidez—. ¿Cuántas veces dormimos en la misma cama antes de que pasara algo? ¿Cientos? Creo que estaremos bien esta noche.

—Lo sé.

—Prometo no arruinarte nada.

—Marin, vamos.

—Es tu decisión —digo—. La verdad yo no quiero dormir sobre el tapete. Pero si no quieres compartir la cama, puedo dormir en el sofá sin abrirlo para que tengas más espacio. O quizá podemos juntar dos sillas o algo así.

Ella está en silencio. Puedo ver que está pensando, así que le doy un minuto.

—Tienes razón —dice al fin—. Lo siento. Sólo preparemos la cama.

—No tienes que disculparte —musito.

Y ahora estoy quitando los cojines del sofá y Mabel está moviendo la mesita de centro a un lado de la habitación para hacerle espacio a la cama. Encontramos jaladeras a los lados y tiramos. Resortes chirriantes, un colchón frágil. Ella extiende la sábana de cajón y la colocamos juntas, doblamos los lados por abajo del colchón porque es muy delgado.

—El tapete se ve cada vez más invitador —digo.

—¿Te estás echando para atrás?

Siento que sonrío, y cuando la miro, también está sonriéndome.

—Yo puedo hacer el resto —dice y levanta una funda de almohada—. Tú ve a prepararte.

Como Jane Eyre, sostengo una vela para iluminar mi camino. Pero cuando llego al baño y miro en el espejo, lo único que veo es a mí misma. A pesar de la oscuridad, las largas sombras y el silencio, esta habitación está libre de intrusos y fantasmas. Me salpico agua helada en el rostro y me seco con una toalla que Tommy dejó para nosotras. Me cepillo los dientes, orino, me lavo las manos y me amarro el cabello hacia atrás con una liga que traje. Pienso en Jane Eyre con el señor Rochester, en cuánto lo amaba y la certeza que tenía de que nunca podrían estar juntos, y pienso en cómo en un par de minutos estaré en la cama con Mabel. Intento hacerlo sonar como si no fuese nada importante, pero lo es. Lo sé. Ella lo sabe.

Quizá su vacilación no es para nada por Jacob. Puede ser sólo por cómo han cambiado las cosas. Puede ser que aún esté demasiado molesta para pensar en el peso de mi cuerpo sobre el mismo colchón, en el contacto accidental que tendremos a lo largo de la noche, cuando estemos demasiado perdidas en el sueño para mantenernos cada quien de su lado.

Tomo la vela y regreso a la sala. Ella ya está en la cama, con la cara vuelta hacia su orilla. No puedo ver su rostro, pero creo que sus ojos están cerrados. Me subo del otro lado. Los resortes gruñen. No tendría sentido hacer como que está dormida a pesar del ruido que hacen.

—Buenas noches —susurro.

—Buenas noches —dice.

Nos damos la espalda. Estamos tan separadas como pueden estarlo dos personas en un colchón de este tamaño. Ese espacio entre nosotras es peor que la incomodidad al estar juntas, peor que no saber qué piensa ella durante nuestros largos silencios.

Creo que oigo algo.

Creo que está llorando.

Y de repente surgen cosas que había olvidado. Mensajes de texto que me envió.

"¿Conociste a alguien?"

"Si es así, me lo puedes decir."

"Sólo necesito saber."

Hubo otros, pero no los recuerdo. Al principio, sus mensajes eran cuchillos que agujereaban mi capullo de motel mohoso, café barato y la vista a la calle desde mi ventana. Pero después del comienzo de clases, después de conocer a Hannah, yo era una desconocida con un teléfono de segunda mano y alguien llamada Mabel tenía el número equivocado.

Esa chica a la que quería contactar... debió de estar huyendo de algo. Debió de ser alguien especial para que su amiga siguiera intentando con tanta insistencia. Qué mal que se haya ido.

"Nunca hablamos sobre lo que sucedería con nosotras."

Ése fue otro.

La forma en que solíamos besarnos. Cómo la atrapaba mirándome desde el otro lado de la habitación. Su sonrisa, mi sonrojo. Su muslo, suave, contra mi mejilla. Tenía que negarlo todo, porque era parte de una vida que había terminado.

Lo único que puedo oír es el chasquido del fuego. Puede ser que no haya estado llorando en realidad —quizá lo imaginé—, pero lo puedo sentir ahora, lo mucho que la lastimé. Quizás es porque estoy recordando todo eso, o porque hemos hablado acerca de libros y pinturas de nuevo, o por estar con Mabel, pero puedo sentir que mi fantasma se arrastra de vuelta. "¿Me recuerdas?", pregunta.

Creo que sí.

Y esa chica habría consolado a Mabel. La habría tocado como si tocar fuese algo simple. Así que levanto la mano y busco un lugar seguro en el cuerpo de Mabel. Su hombro. La toco ahí y, antes de tener tiempo de preguntarme si no lo desea, su mano cubre la mía y la mantiene en su lugar.

capítulo doce

JUNIO

Más tarde, ese día, después de que el abuelo nos sorprendiera con el whisky y de que Mabel y yo pasáramos la jornada escolar sonrojándonos cada vez que nos veíamos, después de que el abuelo preparara un guisado para la cena y ésta transcurriera más silenciosamente de lo usual, me pidió que me sentara en el sofá de dos plazas.

Asentí con la cabeza.

—Seguro —dije, pero me quedé helada por dentro.

No sabía cómo respondería a las preguntas que estaba por hacerme. Todo era demasiado nuevo. Lo seguí a la sala y tomé asiento. Se detuvo frente a mí, altísimo, ni un dejo de sonrisa, sólo preocupación y tristeza y algo cercano al pánico.

—Escucha —dijo—. Quiero hablarte de distintos tipos de amor.

Me preparé para su desaprobación. Rara vez la había sentido antes y nunca por algo significativo. Y también me preparé para enojarme. Por lo inesperado del beso de Mabel y lo nerviosa e inquieta que me había sentido desde entonces, sabía que no habíamos hecho nada malo.

—Quizá tuviste la impresión incorrecta —continuó—. Sobre Birdie y yo. No es así entre nosotros.

Se me escapó una risa. Era de alivio, pero él no lo tomó así.

—Quizá sea difícil de creer —dijo—. Sé que podría interpretarse como algo... *romántico*, por cómo actúo cuando recibo sus cartas. Por ese vestido que me envió. Pero algunas veces dos personas tienen una conexión profunda. Eso hace que el romance parezca trivial. No se trata de algo carnal. Se trata del alma. De la parte más profunda de quién eres como persona.

Parecía inquieto, nervioso. Todo mi alivio desapareció y fue reemplazado por preocupación.

—Está bien, abue —dije—. Lo que sea, me alegra que la tengas.

Sacó el pañuelo de su bolsillo y lo desdobló con cuidado. Se secó la frente, el labio superior. Nunca lo había visto tan alterado por nada.

—En verdad —dije—. No te preocupes por lo que yo opino. Sólo quiero que seas feliz.

—Marinera —dijo él—. Si no la tuviera, estaría perdido.

Yo no era compañía suficiente. No era ningún tipo de ancla. Sentí el golpe, pero me tragué el dolor y dije:

—Estoy segura de que ella siente lo mismo por ti.

Él estudió mi rostro. Sentí como si mirara algo a través de mí. Asintió despacio con la cabeza.

—Es verdad. Quizás incluso más —dijo—. Yo la necesito a ella y ella me necesita a mí. ¡Vaya que me necesita!

Quizás iba a decir algo más, pero sonó el timbre: el juego de cartas estaba por comenzar, así que me levanté y fui a abrir la reja. Por lo regular, yo limpiaba la cocina cuando venían, pero temía que algo no estuviera bien con el abuelo. Quería confirmar que ya hubiera vuelto a la normalidad. Terminé de secar los platos en el escurridor mientras se servían los primeros tragos y comenzaban a jugar. Luego me fui un rato, pero no podía dejar de preocuparme, así que regresé a prepararme un té.

Mientras se calentaba el agua, vi a Jones tomar la botella del abuelo para servirle un poco más en su vaso.

El abuelo observó el vaso, luego miró a Jones.

—¿Y eso por qué?

—Estabas vacío.

Jones miró a los otros dos. Freeman estaba barajando más de lo necesario, pero Bo hizo contacto visual con Jones.

—No hay necesidad de apresurarme —dijo el abuelo—. Yo solo puedo, sin problemas —su voz era baja, casi un gruñido.

Bo sacudió la cabeza. Algo era una lástima, pero no supe qué.

Jones se aclaró la garganta. Tragó saliva.

—Sólo es un trago, Delaney —dijo al fin.

El abuelo miró a Jones con ojos feroces durante todo el tiempo que Freeman repartió las cartas. Los otros levantaron sus cartas y acomodaron lo que habían recibido, pero el abuelo sólo miraba fijamente a Jones, desafiándolo a mirar de vuelta.

No sabía qué estaba sucediendo, pero quería que terminara.

—¿Abuelo? —dije.

Giró hacia mí como si hubiera olvidado que yo estaba ahí.

—Me preguntaba... —dije, sin saber cómo terminaría

la frase—. Tal vez... ¿Podrías llevarme a la escuela mañana? Quizá tenga ganas de dormir un poco más.

—Seguro, marinera —dijo él.

Volteó de regreso a la mesa. Tomó sus cartas. Todos estaban en silencio, nada de interrupciones ni una sola broma.

—Apuesto cinco —dijo el abuelo.

Jones se retiró.

Yo regresé a mi habitación con el té e intenté olvidar.

Mabel y yo nos enviamos mensajes de texto durante horas. No hicimos planes de escaparnos para vernos. Ni siquiera hablamos. Escuchar la voz de la otra habría sido promisorio y peligroso, así que en lugar de eso tecleamos mensajes.

"¿En qué estábamos pensando?"

"No lo sé."

"¿Te gustó?"

"Sí."

"A mí también."

Nos enviamos mensajes sobre una canción que nos gustaba y sobre videos aleatorios de YouTube, sobre un poema que leímos en la clase de inglés ese día y sobre qué haríamos si enfrentáramos el fin del mundo. Enviamos mensajes acerca del tío de Mabel y su esposo, que vivían en 1.2 hectáreas en Nuevo México, y sobre cómo llegaríamos ahí, construiríamos un tipi, cavaríamos un pozo, cultivaríamos nuestra comida y aprovecharíamos el tiempo que nos quedara.

"El fin del mundo nunca sonó tan bien."

"¡Lo sé!"

"Como que quiero que suceda. ¿Eso es malo?"

"Podríamos hacer todo eso sin un apocalipsis."

"Buen punto."

"Entonces ¿es un plan?"

"Sí."

Eran casi las dos de la mañana cuando dijimos buenas noches. Sonreí sobre mi almohada, cerré los ojos, deseé que la sensación durara. Vi nuestros futuros desdoblarse, todo era nubes rosas y cactus y sol brillante para siempre.

Me levanté y fui a la cocina por agua. Llené el vaso y lo vacié de un trago, luego me dirigí al baño. La puerta de la habitación del abuelo estaba entreabierta. La luz brillaba a través del espacio estrecho. Pasé de largo con delicadeza y luego oí algo crujir y regresé. El abuelo estaba en su escritorio, tenía encendida la lámpara de latón, y su pluma se movía furiosamente sobre el papel. Guardé silencio, pero estaba segura de que si hubiera dicho su nombre, él no habría volteado. Ni siquiera si hubiera golpeado ollas y sartenes.

"Está escribiendo sus cartas de amor", me dije, pero no parecía amor.

Terminó una página y la volteó, comenzó la siguiente. Estaba encorvado hacia adelante y furioso. Me volví hacia el baño y cerré la puerta detrás de mí.

"Sólo está escribiendo cartas de amor", pensé.

Sólo cartas de amor. Cartas de amor.

capítulo trece

En la quietud de esta sala poco familiar, surge otro recuerdo.

Un par de noches después de la graduación, todos fuimos a Ocean Beach. Nos comportamos de manera salvaje, como si fuera el fin de todo. Como si nunca fuéramos a volver a vernos, y quizás en algunos casos era verdad.

Encontré a Mabel y me senté a su lado sobre una cobija justo a tiempo para escuchar el remate de un chiste que ya me sabía. Sonreí mientras todos reían y ella se veía muy hermosa en el resplandor de la fogata.

Todos nos veíamos muy hermosos.

Podría decir que la noche se sentía mágica, pero eso sería un adorno. Eso sería idealizar el momento. Lo que realmente se sentía era la vida. No estábamos pensando en lo que sucedería después. Nadie hablaba sobre qué pasaría en el verano o a dónde iríamos en el otoño. Era como si hubiéramos hecho un pacto para estar en el momento, o como si estar en el momento fuera la única manera de estar. Contar chistes, contar secretos. Ben tenía su guitarra, lo escuchamos tocar por un rato mientras el fuego chispeaba y las olas se estrellaban y retrocedían. Sentí algo en la mano. El dedo de Mabel recorría mis nudillos. Deslizó el pulgar bajo mi palma. Me dieron ganas de besarla, pero no lo hice.

Ahora, con su mano en la mía después de estar tanto tiempo lejos, aquí en casa de Tommy y sin intenciones de dormir, me pregunto qué habría sido distinto si lo hubiera hecho. Si una de nosotras lo hubiera hecho público, nos habríamos convertido en tema de discusión y habríamos tenido que tomar una decisión. Quizá no habría un Jacob. Quizá la fotografía de Mabel estaría colgada en mi pizarrón de corcho. Quizá no estaríamos aquí ahora y yo estaría en California, en la sala de paredes color naranja de sus padres, bebiendo chocolate caliente junto al árbol de Navidad.

Pero probablemente no habría sido así. Porque aunque el abuelo me dejó sólo unos meses después, cuando intenté recordar esa noche, ya no se sentía como vida.

Cuando pienso en todos nosotros en ese entonces, me doy cuenta de que corríamos peligro. No por la bebida, ni por el sexo, ni por la hora de la noche. Sino porque éramos muy inocentes y ni siquiera lo sabíamos. No hay forma de recuperar eso. La confianza. La risa fácil. La sensación de haber dejado tu hogar sólo por un rato. De tener un hogar al cual volver.

Éramos lo suficientemente inocentes como para pensar que nuestras vidas eran lo que creíamos que eran, que si uníamos todos los hechos sobre nosotros, obtendríamos una imagen que tendría sentido, una imagen que se parecería a nosotros cuando miráramos en el espejo, que se parecería a nuestras salas y cocinas y a la gente que nos crió, en lugar de revelarnos todo lo que no sabíamos.

Mabel suelta mi mano y patea las cobijas. Se incorpora, así que yo hago lo mismo.

—Supongo que todavía no estoy lista para dormir —dice.

Ahora hace tanto calor que me alegra no tener las cobijas encima. Nos sentamos en la cama y nos recargamos contra el respaldo acolchonado del sofá. Estamos mirando la luz del fuego titilar por la habitación y Mabel se jala el cabello hacia atrás, lo retuerce en círculos y luego lo suelta, y siento que la noche podría durar para siempre y yo estaría bien con eso.

—¿Dónde te quedaste cuando llegaste aquí? Quiero decir, antes de los dormitorios. Es algo que me he estado preguntando.

No me esperaba esto, pero quiero darle la respuesta. Miro el techo por un largo rato y asiento con la cabeza por si me está viendo. Necesito un momento para tranquilizar mi corazón y poder hablar. Cuando vuelvo a mirar, ella está en una posición distinta. Tiene la cabeza apoyada en una mano y me ve con una mirada que no recuerdo haber visto antes en ella. Está muy quieta y paciente.

—Encontré un motel.

—¿Cerca?

—Más o menos. Creo que está como a veinte minutos de distancia. Tomé un autobús en el aeropuerto y recorrí la ruta hasta que vi un lugar por la ventana.

—¿Cómo era?

—No estaba bonito.

—¿Por qué te quedaste?

—Supongo que porque nunca se me ocurrió irme.

Recuerdo el olor cuando entré a la habitación: más que rancio, más que sucio. Pensé que podría estar ahí sin tocar nada, pero luego pasaron las horas y resultó que estaba equivocada.

—Es un hotel donde vive la gente que no tiene a dónde ir —le digo a Mabel—. No un lugar para ir de vacaciones —me cubro con la cobija aunque no tengo frío—. Me asusté. Pero ya estaba asustada.

—No es como pensé.

—¿Qué pensaste?

—Que quizá te habías mudado antes a los dormitorios o algo así. ¿Conociste gente?

—¿En el motel?

Ella asiente con la cabeza.

—No diría que *conocí* gente. Tenía muchos vecinos. Algunos de ellos se volvieron mis conocidos.

—Quise decir, ¿pasabas tiempo con ellos?

—No.

—Pensé que habías conocido gente.

Niego con la cabeza.

—Pensé que te estaban ayudando a sobrellevar todo.

—No —digo—. Estaba sola ahí.

Algo cambia en su rostro. Un conjunto de nuevos hechos reemplazan todo lo que la obligué a suponer. Quiero darle más.

—Había una mujer que aullaba en la habitación de al lado —digo—. A los autos, a la gente que pasaba. Cuando llegué a mi habitación, estuvo aullando durante varias horas.

—¿Qué le pasaba?

—No sé. Sonaba como un lobo. En ese entonces me preguntaba, y me sigo preguntando, si hubo un momento en el que se dio cuenta de que algo estaba mal. Dentro de ella, quiero decir. Si pudo sentir que desaparecía y algo nuevo tomaba su lugar. Si pudo haberlo detenido, o si sólo... sucedió. Me hizo pensar en *Jane Eyre*. ¿Recuerdas?

—La loca. La primera esposa del señor Rochester.

—Me sentí como cuando Jane la ve en el espejo. Me daba miedo. La escuchaba por la noche y a veces creía entender lo que intentaba decir. Temía convertirme en ella.

La idea de esa mujer por sí sola era suficientemente atemorizante, pero el hecho de estar en una habitación idéntica a la suya, tan sola como ella, ésa era la peor parte. Entre nosotras sólo había un muro tan delgado que casi no era nada. Jane también estuvo encerrada en una habitación con un fantasma. Me aterraba la idea de que pudiésemos quedarnos dormidas como chicas, con aliento a menta y en camisón, para despertar convertidas en lobas.

—Ya entendí por qué ya no quieres leer mucho.

Asiento con la cabeza.

—Antes, sólo eran historias. Pero ahora regresan todas de golpe y se siente horrible.

Aparta la mirada y me pregunto si es porque no puede identificarse con lo que le estoy contando. Quizá piensa que estoy siendo dramática. Quizás es cierto. Pero sé que antes entendía las cosas de una manera y ahora las entiendo diferente. Antes lloraba por una historia, pero cerraba el libro y ya. Ahora todo resuena, todo se me atora como una astilla y se pudre.

—Estabas sola —dice—. Todos esos días.

—¿Acaso eso cambia algo?

Se encoge de hombros.

—¿Creíste que había conocido gente nueva y que no te necesitaba?

—Fue la única explicación que se me ocurrió.

Le diré lo que sea mientras siga preguntando. Es la oscuridad y el calor. La sensación de estar en casa de alguien más, en territorio neutro, sin nada mío ni nada suyo, sin pistas nuestras en las cobijas ni en la leña ni en las fotografías de la repisa de la chimenea.

Me hace sentir que mi vida está lejos, aunque yo estoy aquí.

—¿Qué más quieres saber? —le pregunto.

—Me he estado preguntando acerca de Birdie.

Se mueve y los resortes brincan y se asientan. Mis manos están pesadas sobre mi regazo. Su rostro está atento y dispuesto. Yo aún puedo respirar.

—Está bien —digo—. ¿Qué sobre Birdie?

—¿Sabe lo que pasó? No había nadie ahí para revisar el correo y encontrar sus cartas. Para estas alturas todas le habrán sido devueltas, y no dejo de preguntarme si alguien le avisó que murió.

—No había ninguna Birdie —digo.

Puedo notar la confusión en su rostro.

Espero su siguiente pregunta.

—Pero las cartas...

"Pregúntame."

—Supongo... —dice—. Supongo que era demasiado dulce para ser cierto. Todas esas cartas de amor para alguien a quien nunca conoció. Supongo... —dice de nuevo—. Debió de estar realmente solo para inventar algo así.

No me mira a los ojos. No quiere saber más, al menos por ahora. Sé lo que se siente no querer entender, así que guardamos silencio mientras su última frase da vueltas y vueltas en mi cabeza. Y pienso: "Yo me sentía sola. Lo estaba". El roce de rodillas bajo la mesa no era suficiente. Los sermones en el sofá de dos plazas no eran suficientes. Los dulces, las tazas de café y los aventones a la escuela no eran suficientes.

Un dolor se expande en mi pecho.

—No necesitaba estar solo.

Mabel frunce el ceño.

—Yo estaba ahí. Me tenía a mí, pero mejor escribía cartas.

Finalmente vuelve a mirarme.

—*Yo* estaba sola —digo.

Y luego lo digo otra vez, porque me he mentido a mí misma por mucho tiempo, y ahora mi cuerpo está quieto y mi respiración es estable y la verdad me hace sentir viva.

Antes de que pueda darme cuenta, Mabel me abraza. Creo que recuerdo cómo se siente. Intento no pensar en la última vez que nos abrazamos, que también fue la última vez que alguien me abrazó. Me rodea con los brazos tan fuerte que no puedo abrazarla de vuelta, así que apoyo la cabeza en su hombro e intento quedarme quieta para que no me suelte.

—Vamos a dormir —me susurra al oído, asiento y nos separamos para acostarnos de nuevo.

Miro hacia el otro lado durante un largo rato para que no vea mi tristeza. Ser abrazada así y luego ser soltada. Pero entonces el fantasma de la antigua yo comienza a susurrar de nuevo. Me está recordando cuánto frío he pasado. Que me he estado congelando. Está diciendo que Mabel es cálida y que me ama. Tal vez su amor es distinto al de antes, pero sigue siendo amor. El fantasma dice: "Cuatro mil ochocientos kilómetros. Todo eso le importas". Me está diciendo que está bien.

Así que me doy vuelta y encuentro a Mabel más cerca de lo que esperaba. Aguardo un minuto ahí para ver si se aparta, pero no lo hace. Paso un brazo alrededor de su cintura y ella se relaja. Acomodo la cabeza en la curva de su nuca; levanto las rodillas para hacerlas encajar en el espacio detrás de las suyas.

Ella podría estar dormida. Sólo me quedaré así un par de minutos. Sólo hasta que termine de descongelarme. Hasta que recuerde lo que se siente estar cerca de otra persona, el tiempo suficiente como para que la sensación me dure unos meses más. Respiro su olor. Me digo que necesito voltearme.

Pronto. Pero aún no.

—No vuelvas a desaparecer —dice—. ¿Está bien?

Siento la suavidad de su cabello en mi rostro.

—Prométemelo.

—Te lo prometo.

Comienzo a darme la vuelta, pero ella me toma el brazo. Se acerca más a mí, hasta que nuestros cuerpos se tocan por completo. Con cada exhalación, siento el invierno pasar.

Cierro los ojos, inhalo profundamente en su nuca y pienso en este hogar que no nos pertenece a ninguna de las dos, y escucho el chasquido del fuego, y siento el calor de la habitación y de su cuerpo, y estamos bien.

Estamos bien.

capítulo catorce

Tres naranjas. Una bolsa de pan de trigo. Una nota que dice: "Salí de compras navideñas. No roben nada, ¡sé dónde viven!". Dos tazas frente a una cafetera eléctrica llena.

—Regresó la electricidad —digo y Mabel asiente con la cabeza.

Señala la nota.

—Qué raro tipo.

—Sí. Pero está lindo, ¿no?

—Totalmente.

No creo haberme quedado dormida antes en un lugar oscuro y despertado para verlo con luz por primera vez. Anoche logré distinguir los objetos, pero no vi su color. Ahora veo las ventanas, los marcos están pintados de color verde bosque. Si no estuviera todo blanco afuera, el tono de la pintura combinaría con los árboles. Las cortinas tienen un patrón de flores azules y amarillas.

—¿Crees que Tommy las eligió? —pregunto.

—Espero que sí —dice Mabel—. Pero no, no lo creo.

—¿Crees que haya matado a ese venado?

Voltea hacia la repisa de la chimenea como si el venado pudiera hablar y contestarle.

—No. ¿Tú?

—No —digo.

Mabel abre la bolsa de pan y saca cuatro rebanadas.

—Supongo que podemos volver cuando estemos listas —dice.

Sirvo una taza de café para cada una. Le doy la mejor taza. Tomo el asiento con la mejor vista porque siempre me ha importado más lo que veo que a ella.

Las patas de la mesa de la cocina están disparejas; cada vez que nos recargamos se tambalea. Bebemos el café negro porque no hay crema y comemos el pan tostado seco porque no encontramos mantequilla ni mermelada. Miro hacia afuera la mayor parte del tiempo que estamos sentadas, pero a veces miro a Mabel. La luz matutina en su rostro. Las ondas en su cabello. La forma en la que mastica con la boca un poco abierta. La forma en la que chupa una migaja de su dedo.

—¿Qué? —pregunta cuando descubre mi sonrisa.

—Nada —digo y ella sonríe de vuelta.

No sé si aún la amo como solía hacerlo, pero la encuentro igual de hermosa.

Ella pela una naranja, la separa en mitades perfectas y me da una. Si pudiera usarla como una pulsera de la amistad, lo haría. En lugar de eso, la trago gajo por gajo y me digo a mí misma que significa aún más de esta forma. Masticar y tragar en silencio aquí con ella. Probar lo mismo en el mismo momento.

—Juro —dice Mabel— que podría comer todo el día.

—Compré demasiada comida. ¿Crees que se haya echado a perder anoche?

—Lo dudo. Está helando.

En breve estamos lavando nuestros platos del desayuno y los dejamos sobre una toalla para secar. Juntamos las cobijas de anoche y las colocamos en la mesita de centro, doblamos la cama hasta que es un sofá de nuevo. Estamos de pie en el espacio vacío que ocupaba la cama, mirando la nieve por la ventana.

—¿Crees que logremos regresar? —dice Mabel.

—Espero que sí.

Encontramos una pluma y escribimos al reverso de la nota de Tommy, incluimos muchos agradecimientos y signos de exclamación.

—¿Lista? —pregunto.

—Lista —me contesta.

Pero no creo que sea posible prepararse para un frío como éste. Nos roba el aliento. Nos ahoga.

—Cuando demos vuelta a esa esquina, veremos el dormitorio —es lo único que logro decir. Cada respiración duele.

Tommy despejó el camino temprano por la mañana, pero ya está resbaladizo y cubierto de hielo. Debemos concentrarnos en cada paso. Yo veo mis pies todo el tiempo. Cuando levanto la vista de nuevo, el dormitorio está frente a nosotras a la distancia, pero para llegar ahí debemos salir del camino que Tommy despejó y meternos a la nieve perfecta y, cuando lo hacemos, descubrimos cuánta ha caído. La nieve nos cubre hasta media pantorrilla y no llevamos los pantalones adecuados. Se filtra a través de la tela. Duele. Los zapatos de Mabel son botas de cuero delgadas, hechas para las calles de California. Estarán empapadas para cuando lleguemos a la puerta y probablemente estropeadas.

Quizá debimos esperar a que Tommy volviera y nos regresara en su camioneta, pero ya estamos aquí afuera, así que continuamos. Creo que nunca he visto un cielo tan claro, azul y penetrante, no sabía que el cielo pudiera ser tan nítido. Los labios de Mabel están morados; la palabra escalofrío se queda corta para describir lo que mi cuerpo hace. Sin embargo, ya estamos cerca. El edificio se erige alto frente a nosotras y busco las llaves frías con dedos tan rígidos que apenas pueden tomarlas. De alguna manera logro meter la llave en la cerradura, pero la nieve nos bloquea la puerta y no la podemos abrir. Quitamos la nieve del suelo con las manos, la pateamos con las botas, jalamos la puerta hasta que empuja el resto de la nieve y forma un arco como un ala de ángel de nieve, y luego la dejamos cerrarse detrás de nosotras.

—A la regadera —dice Mabel en el elevador, y cuando llegamos a mi piso corro a mi habitación y tomo las toallas; entramos a regaderas separadas y nos desvestimos, demasiado desesperadas por calor como para permitir que el momento sea incómodo.

Nos quedamos bajo el agua mucho rato. Mis piernas y mis manos están entumecidas y se siente como que el agua las quema. Después de un largo rato, una sensación familiar regresa a ellas.

Mabel termina primero; escucho cuando cierra el agua. Le doy tiempo para regresar a mi habitación. No me importa quedarme bajo el agua caliente un rato más.

Mabel tiene razón: la comida sigue fría. Estamos lado a lado en el salón de juegos, echando un vistazo al refrigerador. El aire de la calefacción sale por las ventilas.

—¿Compraste todo esto? —pregunta.

—Sí —le contesto lo evidente. Mi nombre está en todo.

—Voto por chili con carne —dice.

—Hay pan de maíz para acompañarlo. Y mantequilla y miel.

—Oh, Dios mío, eso suena bien.

Abrimos y cerramos todos los cajones y gabinetes hasta que encontramos una olla para el chili, un rallador para el queso, una charola para el pan de maíz, platos y cubiertos.

Mientras vierto el chili en la olla, Mabel dice:

—Tengo muy buenas noticias. Estaba esperando el momento correcto.

—Dime.

—Carlos tendrá un bebé.

—¿Qué?

—Griselda tiene cinco meses de embarazo.

Sacudo la cabeza con asombro. Su hermano, Carlos, estaba en la universidad antes de que Mabel y yo fuéramos amigas, así que sólo lo he visto unas cuantas veces, pero...

—Vas a ser tía —digo.

—Tía Mabel —dice ella.

—Increíble.

—¿Verdad que sí?

—Sí.

—Nos obligaron a hacer una videoconferencia, mis papás en la ciudad, yo en la escuela, ellos en Uruguay.

—¿Ahí es donde viven ahora?

—Sí, hasta que Griselda termine el doctorado. Yo estaba de malas porque tomó años para que la llamada funcionara, y cuando finalmente aparecieron en mi pantalla lo único que vi fue su pancita. Comencé a llorar. Mis papás también lloraban. Estuvo increíble. Y llegó en el momento perfecto, porque ellos estaban muy sensibles por haber vaciado la habitación de Carlos. No es que no quisieran hacerlo, pero estaban así de: "¡Nuestro hijo ya creció y nunca será nuestro chiquito otra vez!". Y luego así de: "¡Un nieto!".

—Serán los mejores abuelos.

—Ya están comprando cosas para el bebé. Todo es unisex porque será una sorpresa.

Pienso en Mabel y su pequeña sobrina o sobrino. En cómo viajará a Uruguay para conocer esta nueva vida. Y observar a una persona crecer; desde el interior de una pancita redonda, a ser un bebé, a ser un niño que le pueda decir cosas. Pienso en Ana y Javier, tan emocionados, recordando quiénes eran cuando Carlos era joven.

Casi suspiro.

No sé si alguna vez había pensado en estos términos sobre la extensión de una vida. Pienso en cómo se presenta en un sentido más amplio en el mundo (en la naturaleza y el tiempo, en siglos y galaxias). Pero pensar en Ana y Javier jóvenes y enamorados, teniendo su primer bebé y viéndolo crecer, casarse, mudarse al otro lado del mundo, sabiendo que pronto tendrán otro descendiente a quien amar, conscientes de que envejecerán conforme pasa el tiempo, que se volverán viejos como el abuelo, con cabello canoso y pasos temblorosos, con tanto amor aún en sus corazones… Esto me asombra. Me derrumba.

A pesar de la dulzura de la noticia, la soledad, sin fondo y oscura, entra como tromba en mi cuerpo.

Quiero saber lo que sintió el abuelo cuando supo que mi mamá estaba embarazada. Ella era joven y el chico no estaba en el panorama, pero seguro el abuelo sintió algún grado de felicidad a pesar de eso. Me pregunto si, una vez que pasó la sorpresa, gritó de alegría y bailó al pensar en mí.

Ella me cuenta más acerca de los planes de Carlos y Griselda; cuándo es la fecha de parto, qué nombres les gustan.

—Estoy haciendo listas —dice—. Te las leeré. Bueno, estoy segura de que a ellos se les ocurrirá su propia lista de nombres, pero ¿qué tal si encuentro el nombre perfecto?

Intento permanecer aquí con ella, en su felicidad.

—Me encantaría escucharlos —digo.

—¡Oh, no! —dice, señalando.

El chili se calentó demasiado; está burbujeando y derramándose. Bajamos la lumbre para que hierva a fuego lento. El pan de maíz aún necesita veinte minutos.

Escucho sus ideas sobre cuartos de bebé y lo que hará en lugar de un *baby shower*, dado que no podrá viajar tan lejos durante el semestre de primavera. Yo resisto lo más que puedo, en verdad, sólo que no logro sacudirme la soledad.

Así que cuando hay una pausa en la conversación, cuando parece que el tema de su sobrina o sobrino ha pasado, me siento a la mesa y ella se sienta frente a mí.

—Dijiste que era lindo… —digo—. O sea, el abuelo.

Frunce el ceño.

—Me disculpé por eso.

—No —digo—. Yo soy la que se disculpa. Dímelo otra vez.

Me mira.

—Por favor.

Se encoge de hombros.

—Siempre estaba, no sé, haciendo cosas adorables. Como pulir esos candeleros. ¿Quién hace eso?

Solía sentarse a la mesa redonda en la cocina, tarareaba a la par de la radio y pulía el latón hasta dejarlo brillante.

—Y jugaba cartas con sus amigos todo el día, como si fuera su trabajo o algo así, diciendo que mantenía su mente clara, cuando en realidad se trataba de beber whisky y tener compañía, ¿no? ¿Y ganar dinero?

Asentí con la cabeza.

—Ganaba más seguido que los demás. Creo que así es como pudo mandarme aquí; un par de décadas de ganar pequeñas apuestas en el póquer.

Ella sonríe.

—¡Todos esos postres que hacía...! Amaba que le hablara en español, y me encantaban las canciones que cantaba y los sermones que nos daba. Me gustaría haber prestado más atención. Siento que pudimos haber aprendido mucho más de él —me lanza una mirada rápida y dice—: Por lo menos *yo* pude haber aprendido mucho más. No quiero hablar por ti.

—No —digo—. Yo también lo he pensado. Era imposible saber cuál sería el tema de su sermón hasta que comenzaba. Y algunos parecían aleatorios en su momento, pero quizá no lo eran. Una vez, hizo una serie de tres días sobre extracción de manchas.

—¿Como para lavar ropa?

—Sí, pero con muchas variantes. Iba más allá de la ropa. Cómo quitar una mancha de una alfombra, cuándo utilizar agua mineral y cuándo utilizar cloro, cómo probar si los colores se desteñirían...

—Increíble.

—Sí, pero realmente aprendí. Puedo quitar manchas de cualquier cosa.

—Lo tendré presente —dice—. No te sorprendas si recibes paquetes con mi ropa sucia.

—Oh, no, ¿qué he hecho?

Sonreímos; la broma pasa.

—Extraño su rostro —dice Mabel.

—Yo también.

Las líneas profundas junto a sus ojos y su boca, en el centro de su frente. Sus pestañas cortas y ásperas y sus ojos color azul océano. Sus dientes manchados de nicotina y su gran sonrisa.

—Recuerdo cuánto le gustaban los chistes —dice—. Pero siempre se reía más con los suyos.

—Es verdad.

—También hay muchas otras cosas más difíciles de describir con palabras. Podría intentarlo, si quieres.

—No —digo—. Ya fue suficiente.

Contengo mis recuerdos para que no me lleven de regreso a esa última noche y mis descubrimientos. En lugar de ello, repaso cada cosa que Mabel dijo y las imagino todas, una por una, hasta que se convierten en otros recuerdos también. Cómo sonaban sus pasos cuando caminaba por el pasillo con sus pantuflas a cuadros, lo limpias y cortas que mantenía sus uñas, el discreto rasgueo de su garganta aclarándose. Un suave resplandor se asienta, un susurro de lo que solía ser. Ahuyenta un poco la soledad.

Y luego pienso en algo más que dijo Mabel.

—¿Por qué vaciaron la habitación de Carlos?

Ella ladea la cabeza.

—Para ti. Ya te dije que la remodelaron.

—Pensé que te referías al cuarto de visitas.

—Esa habitación es diminuta. Y es para visitas.

—Oh —digo. Un *ding* mecánico suena—. Supongo que sólo asumí...

El *ding* se repite. Es el reloj del horno. Casi olvido dónde estábamos. De todas formas no sé qué intento decir, así que reviso nuestro pan de maíz y lo encuentro esponjoso y dorado.

Algo se mueve dentro de mí. Una nube pesada pasa. Un destello de alegría. Mi nombre pintado en una puerta.

Después de hurgar en una fila de cajones, descubro una agarradera desgastada, cubierta de dibujos de galletas de jengibre. Se la muestro a Mabel.

—Muy apropiado para la temporada —dice.

—¿Verdad?

Está tan raída que el calor de la charola la atraviesa, pero logro tirar la hogaza sobre la estufa antes de que duela demasiado. El olor llena la habitación.

Servimos chili en tazones distintos del gabinete y los llenamos de crema ácida y queso rallado. Con la cuchara servimos miel para el pan de maíz, desenvolvemos la mantequilla.

—Quiero escuchar acerca de tu vida —digo. Sé que debí decirle esto hace meses. Debí decirle ayer y el día anterior.

Mabel me cuenta de Los Ángeles, de todos los que conocen gente importante a su alrededor, de lo perdida que se sentía las primeras semanas, pero cómo últimamente se ha sentido más como en casa. Buscamos el sitio web de la galería de Ana y Mabel me cuenta sobre su más reciente exposición de arte. Recorro en la pantalla imágenes de mariposas, cada ala hecha de fragmentos de fotografías y luego teñidas a mano con pigmentos intensos hasta que éstas quedan irreconocibles.

—Podría decirte de qué se tratan —dice—. Pero estoy segura de que lo puedes descifrar por ti misma.

Le pregunto de quién ha recibido noticias y me cuenta que a Ben le gusta la Universidad Pitzer. Dice que ha estado preguntando por mí. Ha estado preocupado, también. Dicen una y otra vez que se reunirán un fin de semana, pero el sur de California es enorme. Ir a cualquier lugar toma años y ambos se están estableciendo en sus nuevas rutinas de cualquier forma.

—Aunque se siente bien saber que está ahí. No demasiado lejos si llego a necesitar un amigo de casa —hace una pausa—. Recuerdas que hay otras personas en Nueva York también, ¿verdad?

Sacudo la cabeza. Ni siquiera lo había pensado en todo este tiempo.

—Courtney está en la NYU.

Me río.

—Eso nunca sucederá.

—Eleanor está en Sarah Lawrence.

—Nunca me llevé con ella.

—Sí, yo tampoco, pero es muy graciosa. ¿Qué tan lejos está Sarah Lawrence de aquí?

—¿Qué intentas hacer?

—Es sólo que no quiero que estés sola.

—¿Y Courtney y Eleanor de alguna manera resolverán eso?

—Está bien —dice—. Tienes razón. Estoy dando patadas de ahogado.

Me levanto para recoger los platos, pero después de apilarlos, sólo los coloco a un lado. Me vuelvo a sentar y paso la mano a lo largo de la mesa para limpiar las migajas.

—Quiero saber más —digo—. Nos desviamos del tema.

—Ya te conté acerca de mis clases favoritas...

—Cuéntame sobre Jacob —digo.

Ella parpadea con fuerza.

—No tenemos que hablar de él.

—Está bien —digo—. Él es parte de tu vida. Quiero escuchar sobre él.

—Ni siquiera sé qué tan en serio es —dice, pero sé que está mintiendo. La forma en que le habla por la noche. La forma en que dice "te amo".

La miro y espero.

—Te puedo mostrar una foto —dice. Asiento.

Saca su teléfono. Recorre el álbum unas cuantas veces y luego se decide por una. Están sentados uno junto al otro en la playa, sus hombros se tocan. Él lleva gafas de sol y una gorra de beisbol, así que no estoy segura de qué se supone que debo ver. En lugar de eso, miro la imagen de ella. Su gran sonrisa, su cabello en una trenza sobre el hombro, sus brazos descubiertos y la manera en la que se recarga sobre él.

—Se ven contentos juntos —digo simple y honestamente, sin amargura o arrepentimiento.

—Gracias —susurra Mabel.

Toma el teléfono de vuelta. Lo guarda en su bolsillo.

Pasa un minuto. Quizá varios.

Mabel toma los platos que apilé en el fregadero. Los lava, ambos platos, ambos tazones, la olla, la charola y los cubiertos. Después de un rato me levanto y busco una toalla. Ella limpia el chili que se derramó en la estufa, mientras yo seco todo y lo guardo.

capítulo quince

JULIO Y AGOSTO

Era un verano para estar fuera hasta tarde, un verano para vagar. Ya no era un hecho que llegaría a casa a la hora de cenar, como si el abuelo y yo estuviéramos practicando para nuestro futuro cercano el uno sin el otro. Al principio, algunas noches me dejaba comida afuera. Una o dos veces lo llamé para decirle que llevaría algo de lo que Javier había hecho. Poco a poco, las cenas desaparecieron por completo. Temí que no estuviera comiendo, pero no lo admitió cuando le pregunté. Un día fui al sótano a lavar la ropa y encontré que uno de sus calcetines estaba lleno de pañuelos con sangre. Eran siete. Los extendí uno por uno y apliqué los trucos para desmachar que me enseñó. Esperé junto a la lavadora a que terminara su ciclo, con la esperanza de que funcionara. Los siete salieron limpios, pero mi garganta se mantuvo apretada y me dolía el estómago.

Los doblé, uno por uno, en pequeños cuadros. Los llevé arriba encima de la pila de ropa. El abuelo estaba en el comedor cuando llegué, se servía un vaso de whisky.

Miró la ropa doblada.

—¿Cómo te has sentido, abuelo?

Se aclaró la garganta.

—Más o menos —dijo.

—¿Has ido al médico?

Gruñó en señal de que mi sugerencia era ridícula y recordé una vez en la secundaria cuando llegué a casa saliendo de la clase de salud y hablé con él sobre los peligros de fumar.

—Esta conversación es muy estadounidense —dijo.

—Vivimos en Estados Unidos.

—Eso sí, marinera. Eso sí. Pero donde sea que vivamos en el mundo, algo nos fregará al final. Algo nos friega siempre.

En ese momento, no supe cómo discutir su punto.

Debí intentarlo con más ganas.

—Nunca toques esta cosa —dijo, levantando la botella de whisky—. ¿De acuerdo?

Sacudí la cabeza.

—Además de esa vez, quiero decir —dijo.

—Ésa fue la única vez.

—Bien —dijo—. Bien —enroscó la tapa en la botella y levantó su vaso.

—¿Tienes un par de minutos? Tengo algo que mostrarte.

—Claro.

Hizo un gesto señalando la mesa del comedor, donde había algunos papeles esparcidos.

—Siéntate conmigo —me dijo.

Frente a mí, había documentos de mi futura universidad, donde nos agradecían por haber pagado dos semestres completos. Había un sobre con mi credencial del seguro social y mi acta de nacimiento. No sabía que él las tenía.

—Y esto —dijo— es la información de tu nueva cuenta de banco. Parece mucho dinero. Es mucho dinero. Pero se terminará. Después de que te vayas, no más cafés de cuatro dólares. Esto es dinero para comida y transporte. Libros de texto y ropa sencilla.

Mi corazón palpitó. Mis ojos ardieron. Él era todo lo que tenía.

—Aquí está tu nueva tarjeta de débito. La clave es cuatro cero siete tres. Escribe eso en algún lugar.

—Puedo usar mi tarjeta normal —dije—. De la cuenta que comparto contigo —volví a ver la cantidad en dólares del estado de cuenta. Era más dinero del que sabía que teníamos—. No necesito todo esto.

—Sí lo necesitas —dijo. Luego hizo una pausa y aclaró su garganta—. Lo necesitarás.

—Pero lo único que me importa es tenerte a ti.

Se reclinó en su silla. Se quitó los anteojos. Los limpió. Se los puso de nuevo.

—Marinera...

Sus ojos estaban amarillos como margaritas. Había estado tosiendo sangre. Parecía un esqueleto, sentado ahí a mi lado.

Sacudió la cabeza y dijo:

—Siempre has sido una chica lista.

Era un verano para no intentar pensar mucho. Un verano para aparentar que el final no se acercaba. Un verano en el que me perdí en el tiempo, rara vez sabía qué día era, rara vez me preocupaba la hora. Un verano tan luminoso y cálido que me hacía creer que el calor continuaría, que siempre habría más días, que la sangre en los pañuelos era un ejercicio para quitar manchas y no una señal de olvido.

Era un verano de negación. De aprender sobre lo que el cuerpo de Mabel podía hacer por el mío, lo que el mío podía hacer por el suyo. Un verano que pasamos en su cama blanca, su cabello extendido sobre la almohada. Un verano sobre mi tapete rojo, con la luz del sol en nuestros rostros. Un verano en el que el amor lo era todo, y no hablábamos de la universidad o de geografía, y tomábamos autobuses y nos subíamos a autos y caminábamos cuadras de la ciudad en sandalias.

Los turistas llenaron nuestras playas. Se sentaban en nuestros lugares de siempre, así que tomábamos prestado el auto de Ana y cruzábamos el Golden Gate para encontrar un pedazo diminuto de océano para nosotras. Comíamos pescado y papas fritas en un *pub* oscuro que pertenecía a otro país, recolectábamos vidrio de mar en lugar de conchas y nos besábamos en el bosque de secuoyas, nos besábamos en el agua, nos besábamos en cines por toda la ciudad durante matinés y proyecciones nocturnas. Nos besábamos en librerías y tiendas de discos y vestidores. Nos besábamos afuera del Lexington porque éramos demasiado jóvenes para entrar. Mirábamos a través de sus puertas a todas las mujeres que estaban ahí, de cabello corto y cabello largo, lápiz labial y tatuajes, vestidos y pantalones de mezclilla entallados, camisas y playeras de tirantes, y nos imaginábamos entre ellas.

No hablábamos de la partida de Mabel, que sucedería medio mes antes que la mía. No hablábamos de pañuelos con sangre o de la tos que reverberaba desde la parte trasera de mi casa. No le conté acerca del papeleo y la nueva tarjeta de débito, apenas si pensaba en esas cosas (sólo cuando me encontré sin Mabel, sólo en las horas más oscuras y silenciosas), y cuando lo hacía, alejaba los pensamientos.

Pero resulta que incluso la negación más feroz es incapaz de detener el tiempo. Y ahí estábamos, en su casa. Ahí, en la entrada, con las maletas y mochilas que había empacado cuando yo no estaba. Las subirían al auto la mañana siguiente. Ana y Javier me invitaron a ir con ellos a Los Ángeles, pero no podía soportar la idea de regresar sin ella, la única pasajera en el asiento trasero, y Mabel pareció aliviada cuando dije que no.

—Creo que habría llorado todo el camino —me dijo en su habitación esa noche—. Quizá llore todo el camino de cualquier forma, pero si estoy sola no tendrás que verme hacerlo.

Intenté sonreír, pero no pude. El problema con la negación es que cuando sale la verdad, no estás lista.

Abrimos su computadora portátil. Buscamos direcciones de Los Ángeles al condado de Dutchess. Era un trayecto de cuarenta horas en auto. Dijimos que cuarenta horas no parecían tanto; habíamos calculado que fueran más. Podríamos encontrarnos en Nebraska y así serían sólo veinte horas para cada una. No hay problema, dijimos, pero no podíamos mirarnos a los ojos.

A la mitad de la noche Mabel susurró:

—No nos encontraremos en Nebraska, ¿verdad?

Yo sacudí la cabeza.

—Ni siquiera tenemos auto.

—Están las vacaciones —dijo—. Las dos vendremos a casa entonces.

—Todos dicen que son cuatro años, pero en realidad sólo son unos cuantos meses a la vez, y luego unos cuantos meses en casa cada verano.

Asintió. Me acarició una mejilla.

Y la mañana llegó demasiado pronto. Había tanta luz y tanto ruido en la cocina... Sabía que no podría comer nada, así que me vestí y me fui antes del desayuno. Escuché la misma canción de desamor todo el viaje en autobús a casa, porque incluso era un verano en el que la tristeza era hermosa.

capítulo dieciséis

El tiempo se está agotando y no estoy lista. Siento el vacío del dormitorio de nuevo. Me doy cuenta de que no va a cambiar para Navidad, de que lucirá exactamente igual que ahora, sólo que una persona más vacío. No estará más cálido ni habrá luces navideñas ni olerá a pino. No se llenará de las canciones del abuelo. ¿Dónde habrán terminado nuestros adornos? La pequeña campana de ángel. El caballo pintado, el árbol diminuto, la letra *M* bordada con lentejuelas.

Es mediodía y luego es la una. Veo mi teléfono una y otra vez porque no quiero que la hora me tome por sorpresa.

Dan las dos y siento pesado el cuerpo; no puedo quitarme la sensación de que todo está llegando a su fin otra vez, pero esta vez es peor porque sé lo que me espera al final.

Dan las dos y media.

Aún hay mucho que necesito contarle.

No me ha preguntado nada más acerca del abuelo. No ha mencionado a Birdie desde anoche. Conozco esa sensación, la de no querer saber, pero al mismo tiempo creo que me escuchará si empiezo a hablar. Creo que estamos jugando a algo sin querer. Ambas estamos esperando a que la otra comience.

Dan las tres y sigo sin decir nada, pero tengo que hacerlo. Me obligo a iniciar.

—Necesito contarte lo que sucedió después de que te fuiste —digo.

Estamos de regreso en mi habitación, sentadas sobre el tapete, hojeando un montón de revistas de Hannah. Veo fotos de casas perfectas y atuendos perfectos, pero no puedo concentrarme en ninguna de las palabras que los acompañan.

Mabel cierra su revista y la deja a un lado. Me mira.

capítulo diecisiete

AGOSTO

Las mañanas después que se fue, me despertaba temprano. No sé por qué. Quería dormirme todo el día, pero no podía. La niebla ocultaba los techos, los cables de teléfono y los árboles, me preparaba un té y luego regresaba a mi habitación para leer y esperar a que saliera el sol.

Luego iba a Ocean Beach.

Me sentaba en el lugar donde Mabel y yo solíamos pasar el rato mirando el agua. Intentaba recordar a mi madre. No lo pensé así durante todos los años en que lo hice, pero para entonces estaba claro que eso hacía. Las olas rompían y yo intentaba recordar cómo se habría visto en su tabla de surf, cómo la habría arrastrado detrás de ella mientras regresaba a la orilla, cómo me habría saludado con la otra mano. Quizá yo me sentaba justo aquí con sus amigos. Quizá los recuerdos enterrados de esos días eran lo que me hacía volver cada vez.

Era mediados de agosto y Mabel se había ido sólo unos días antes. Se suponía que yo me iría en poco más de dos semanas. Esa mañana todo estaba silencioso, sólo había un par de surfistas. Cuando salieron del agua, se quedaron platicando y en algún momento me miraron. Podía sentir lo que hablaban. Dos de ellos le decían al tercero quién era yo.

Se sentía muy injusto que ellos la recordaran y yo no. Quizá si cerraba los ojos y sólo escuchaba. Sabía que los aromas desencadenaban recuerdos, así que inhalé profundamente. Y entonces oí una voz. Era uno de los surfistas. Los otros dos se habían ido.

—Marin —dijo—, ¿verdad?

—Sí.

Lo miré con los ojos entornados, preguntándome si mi cabello le recordaba al de ella. Pensé que podría contarme de algo intangible que hubiera visto en mí. Un aura o algún gesto.

—¿Qué estás esperando?

—Nada —dije.

Pero no era cierto. Estaba esperando que una nostalgia lejana se apoderara de él de la misma forma en que les pasaba a todos. Casi estiré la mano, segura de que tendría conchas para darme. Quizá sentirlas en mi palma sería suficiente.

—Escuché que te parecías mucho a tu mamá, pero esto es ridículo.

No sonaba amable para nada, pero de todos modos sonreí y le di las gracias.

—Tengo una camioneta en el estacionamiento y algo de tiempo libre —dijo.

Mi cuerpo se tensó. A pesar del plomo en mi estómago, a pesar de la forma en que me estaba hundiendo en la arena y de cómo me invadió la oscuridad, hablé más fuerte.

—¿Y tú quién eres? —pregunté.

—Soy Fred —dijo.

—Jamás había oído tu nombre.

Volteé hacia el mar y seguí mirando las olas. Mientras más me enfocaba en ellas, más ruidosas eran, más cercanas. Cuando una ola alcanzó la punta de mi zapato, me puse de pie.

Estaba sola, tal como esperaba, pero se sentía terrible.

Necesitaba algo.

"Ana", pensé, pero eso era estúpido. Ana no era mía.

Necesitaba un lugar cálido, música, habitaciones que olieran a algo dulce.

El tráfico pareció abrirse para mí; el cielo que ya se oscurecía mantuvo un poco de luz hasta que abrí la puerta y corrí escaleras arriba.

—¡Abue! —llamé—. ¡Es una emergencia! ¡Necesito pastel!

No estaba en la sala ni en el comedor. La cocina estaba vacía, no había nada en la estufa ni en el horno.

—¿Abue?

Me quedé quieta y escuché. Silencio. Pensé que debía de estar fuera, pero fui a la puerta de su estudio. Lo vi. No podía creerlo, pero estaba en su escritorio. Un cigarrillo se consumía en el cenicero de cristal y miraba al vacío con pluma en mano.

—¿Abue?

—No es un buen momento.

Su voz ni siquiera sonaba suya.

—Lo siento —dije, y me alejé.

Fui a sentarme en el sillón de dos plazas. Quería un sermón sobre cualquier cosa. El nombre correcto para un establecimiento de café. La duplicidad de las monjas. La diferencia entre el deseo carnal y el amor por el alma de alguien.

Quería rozar rodillas bajo la mesa.

Quería que me contara acerca de mi madre.

Cayó la noche y no salió de su estudio. No hizo de cenar. Me senté en el sillón de dos plazas, perfectamente quieta, hasta que me dolió la espalda y se me durmieron los pies. Tuve que levantarme para que la sangre volviera a circular. Me preparé para ir a la cama y me fui a mi habitación en la parte frontal de la casa, donde nadie entraba excepto yo.

capítulo dieciocho

—Marin —dice—. Por favor, habla conmigo.

Supongo que me quedé en silencio. Ni siquiera me di cuenta.

—Lo extraño —susurro. No es lo que esperaba decir; sólo se me sale. Ni siquiera sé si es cierto. Sí lo extraño, pero a veces no.

Ella se acerca.

—Lo sé —dice—. Lo sé. Pero intentabas decirme algo. Quiero escucharlo.

Su rodilla está muy cerca de la mía. Ya no tiene miedo de tocarme después de habernos abrazado toda la noche. La amo, pero no hay vuelta atrás. No hay fogatas en la playa. No hay bocas pegadas. No hay jugueteos voraces. No hay dedos corriendo por su cabello. Pero quizá puedo ir más atrás, a un momento menos complicado cuando *tierno* era una descripción precisa de mi abuelo y Mabel era sólo mi mejor amiga.

Quiero decirle, pero todavía no puedo. Las palabras están atoradas.

—Cuéntame algo —digo.

—¿Qué?

—Lo que sea.

Cuéntame del calor.

Cuéntame de la playa.

Cuéntame de una chica que vive en una casa con su abuelo, de una casa que esté llena de un amor sencillo, una casa que no esté llena de fantasmas. Manos cubiertas de harina de pastel y aire con aroma dulce. Cuéntame sobre cómo la chica y su abuelo lavaban la ropa del otro y la dejaban doblada en la sala, no porque hubiera secretos, sino porque así eran: simples, sencillos y auténticos.

Pero antes de que ella pueda decir algo, llegan las palabras.

—Nada era real —le digo.

Se acerca más, nuestros muslos se tocan. Ella toma mis manos entre las suyas como solíamos hacerlo en la playa, como si yo me estuviera helando y ella pudiera calentarme.

—¿Nada de qué era real?

—Él —susurro.

—No comprendo —dice.

—Tenía un vestidor detrás de su habitación. Ahí es donde vivía en realidad. Estaba lleno de sus *cosas*.

—¿Qué tipo de cosas?

—Cartas, para empezar. Todas escritas por él. Firmaba con el nombre de ella, pero él las escribía todas.

—Marin, yo no...

capítulo diecinueve

AGOSTO

El abuelo me despertó al salir de casa con el ruido de la puerta cerrándose y de sus pasos al bajar las escaleras. Me asomé a la calle y lo vi dar vuelta en la esquina hacia el supermercado, o hacia la casa de Bo, o cualquier otro de los lugares por los que desaparecía durante sus caminatas por el barrio.

Dormí hasta tarde. Ya eran las once cuando me metí a la ducha. Cuando salí, herví unos huevos y dejé dos para él en un tazón. Me preparé un té y luego coloqué una segunda bolsita en una taza para que la encontrara a su regreso. Leí un rato en el sofá. Luego salí. Pasé el resto del día en el parque Dolores con Ben y Laney, lanzándole la pelota a ella, riendo con Ben y repasando cada recuerdo compartido durante los últimos siete años de nuestras vidas. Amarramos a Laney a un poste afuera de la taquería favorita de Ben y vimos a todos los hípsters detenerse a acariciarla.

—¿Cómo vas a vivir sin esto? —dijo mientras mordíamos nuestros burritos—. ¿Acaso hay comida mexicana en Nueva York?

—¿Honestamente? No tengo idea.

Pasaban de las ocho cuando regresé a casa y de inmediato sentí la quietud.

—¿Abue? —llamé, pero al igual que la noche anterior, no respondió.

Su puerta estaba cerrada. Toqué y esperé. Nada. El auto estaba afuera. Bajé las escaleras al sótano en caso de que estuviera lavando ropa, pero las máquinas estaban en silencio.

En la cocina, los huevos que le había dejado estaban intactos en el tazón y la bolsa de té, seca en la taza.

Ocean Beach. Lo buscaría ahí. Tomé un suéter y salí a la calle. Estaba oscureciendo y los faros de la Gran Avenida brillaban mientras corría a toda velocidad. Me apresuré hacia la arena y subí por las dunas. El pasto de la playa me raspó los tobillos, una parvada de aves voló encima de mí y luego pasé el letrero de advertencia que todos ignoraban, a pesar de que el peligro que señalaba era, sin duda, real. Pensé en las valencianas empapadas de los pantalones del abuelo, en su cuerpo esquelético, en los pañuelos ensangrentados. Ya alcanzaba a ver el agua, pero no había luz suficiente para distinguir detalles. Ojalá hubieran estado ahí los amigos de mi mamá, pero a pesar de toda su habilidad, ni siquiera ellos surfeaban al anochecer.

Había grupos de personas caminando, un par de figuras solitarias paseando perros. No había hombres viejos a la vista. Me di la vuelta.

De regreso en la casa, toqué a su puerta.

Silencio.

El pánico me nubló la visión.

"Una sucesión de vuelos y caídas. Buenas y malas emociones."

Mi mente me jugaba una mala pasada. Me estaba comportando como una histérica. El abuelo se iba de la casa todo el tiempo y yo apenas había estado ahí durante el verano, así que ¿por qué habría de estar él para mí ahora? Me paré frente a su puerta. "¡Abuelo!", grité. Fue tan fuerte que no pudo haber seguido durmiendo, y cuando continuó el silencio, me dije a mí misma que todo estaba bien.

En la cocina, puse una olla de agua en la estufa. "Antes de que el agua hierva, él estará aquí." Añadí la pasta y ajusté el reloj automático. "Antes de que pasen los diez minutos." Derretí un poco de mantequilla. No tenía hambre, pero me lo comería de todas formas, y para cuando hubiera terminado, él cruzaría el umbral de la puerta y me llamaría.

El reloj hacía tictac. Comí lo más lento posible. Pero luego el tazón estaba vacío y yo seguía sola. No sabía qué sucedía. Intentaba comprender. Estaba llorando, intentando no llorar.

Levanté el teléfono y marqué el número de la casa de Jones. Tranquilicé mi voz. "No", dijo Jones. "Lo vi ayer. Lo veré mañana." Llamé a Bo. "El póquer es *mañana* por la noche", dijo. Regresé a su puerta. La golpeé con tanta fuerza que pude haberla tirado, pero ahí estaba la manija y sabía que lo único que tenía que hacer era girarla.

En lugar de hacer eso tomé el teléfono otra vez. Contestó Javier.

—¿Ya buscaste en todas partes? —me preguntó.

—En su habitación no. Su puerta está cerrada.

Escuché la confusión en la pausa de Javier.

—Ábrela, Marin —dijo al final—. Adelante, ábrela.

—Pero ¿y si él está ahí? —mi voz era muy débil.

—Tomará tiempo cruzar la avenida Market, pero estaremos ahí tan pronto como podamos.

—Estoy sola —dije. Ni siquiera sabía lo que estaba diciendo.

—Voy a llamar a la policía. Es probable que llegue antes que nosotros. Tú sólo espera. Vamos hacia ti. Podemos hacerlo juntos. Nos iremos ahora.

No quería que colgara, pero lo hizo, y mis manos temblaban y yo seguía frente a la puerta cerrada. Me aparté de ella y fui hacia la foto de mi mamá. La necesitaba. La descolgué del muro. Necesitaba verla mejor. La sacaría de su marco de cristal. Quizá tenerla en mis manos me ayudaría a recordar. Quizá la sentiría conmigo.

En la mesita de centro, me arrodillé sobre la alfombra y levanté las pequeñas pestañas de metal que mantenían el marco en su lugar. Levanté el cartón y vi el amarillento reverso de la fotografía. Tenía una línea escrita con la letra del abuelo: "Birdie en Ocean Beach, 1996". Vi doble, luego vi bien. La oscuridad me aplastó.

Quizá mi mente me estaba llevando por caminos complicados. Quizá Birdie era como decir "cielo" o "cariño", un nombre que podía aplicar a cualquier persona.

Abrí su puerta por primera vez.

Ahí estaba yo, en su estudio. En los quince años que llevaba viviendo ahí, nunca había entrado. Había una pared llena de estantes y sobre éstos había cajas y cajas de cartas. Con las manos temblorosas tomé una. El sobre estaba dirigido a su apartado postal. La letra era suya.

Desdoblé la hoja.

"Papi", decía. "Hoy las montañas se ven hermosas. ¿Cuándo vendrás a visitarme? ¿Sólo un ratito? Marin tiene escuela y sus propios amigos. Puedes dejarla un par de semanas." Dejé de leer. Pasé a la carta siguiente. Iba dirigida a Claire Delaney, Colorado, sin estampilla, nunca la envió. Saqué la hoja. "Sabes que no puedo hacer eso. Aún no. Pero pronto. Pronto." Tomé otra caja de cartas. Todas eran de él para ella, o de ella para él. Todas escritas con la letra de él. Databan de muchos años atrás. Intenté leer, pero no lograba enfocar.

Escuché sirenas a lo lejos. Salí de su estudio y entré a su habitación.

Olía a cigarrillos y té. Olía a él. Su cama estaba tendida y todo estaba muy ordenado. Por primera vez me sorprendió lo mal que había estado no haber visto esa habitación hasta entonces. Haber sido excluida. La puerta de su armario estaba abierta, vi todos sus suéteres doblados con precisión. Abrí un cajón de la cómoda y vi las camisas que había lavado y doblado para él un par de días antes. Abrí un cajón más pequeño y vi sus pilas de pañuelos. Sabía que estaba buscando algo, pero no sabía qué.

El sonido de las sirenas se hacía más fuerte. Y entonces lo vi. Un sillón de terciopelo desgastado contra una puerta.

Empujé el sillón a un lado.

Giré la manija.

Era un lugar pequeño, entre un cuarto y un clóset. Estaba oscuro hasta que vi la cadena que colgaba del techo y la jalé, y la luz iluminó todas las cosas de mi madre. Estaban conservadas como para un museo en bolsas transparentes con cubos aromáticos de cedro dentro y etiquetadas como CAMISAS, PANTALONES Y SHORTS, ROPA INTERIOR Y TRAJES DE BAÑO, VESTIDOS, ZAPATOS. DOCUMENTOS ESCOLARES, NOTAS Y CARTAS, CARTELES Y *SOUVENIRS*, LIBROS Y REVISTAS. Había una pared tapizada de fotos de ella. Cada centímetro cuadrado, cubierto de imágenes que él nunca me mostró. Una niña pequeña en un vestido de holanes, una adolescente en pantalones de mezclilla rasgados, una mujer joven en traje de baño y traje de neopreno, una madre joven cargando a su bebé…, cargándome a *mí*.

Las sirenas dejaron de sonar. Hubo un golpe fuerte en la puerta.

—¡Policía! —gritaron.

En cada fotografía, mi mamá era una desconocida. No sabía dónde estaba el abuelo, pero sabía que no podría volver a verlo. Nunca.

Seguramente hubo un estallido cuando la puerta frontal se abrió de golpe.

Seguramente hubo pisadas dirigiéndose hacia mí.

Seguro preguntaron quién estaba en casa.

Pero nadie me apresuró mientras lo asimilaba. Nadie dijo nada mientras volvía a mirar la ropa, tomaba la bolsa con la etiqueta de VESTIDOS y la abría, sólo para estar segura, y encontraba la tela color verde oscuro. Se desdobló igual que ese día, cuando me lo mostró y no me dejó tocarlo.

Lo dejé caer al suelo. Me di la vuelta.

Dos oficiales de la policía me miraban.

—¿Eres Marin Delaney?

Asentí con la cabeza.

—Recibimos una llamada de alguien que dijo que necesitabas ayuda.

No podía mover el cuerpo, pesaba de tanta añoranza; mi corazón, por primera vez, estaba lleno de odio.

Esperaban a que yo dijera algo.

—Sáquenme de aquí.

—Iremos a la comisaría —dijo uno de los policías.

—¿Segura de que no quieres ir por un suéter? —preguntó el otro.

Negué con la cabeza.

—Perdón por eso —dijo mientras me subía al asiento trasero, detrás de una reja de metal—. Es un viaje corto.

Me sentaron en una silla en una oficina. Me trajeron un vaso de agua y luego otro. Me dejaron sola y luego regresaron.

—¿Tenía un tener un comportamiento errático? —preguntó uno de ellos.

No lo sé. Se comportaba como el abuelo.

Ellos esperaron.

—¿Qué significa comportarse errático?

—Lo siento, cariño. Quieres un minuto? Necesitamos toda la información en el acta.

—Sólo pasemos a la siguiente pregunta —dijo el otro—. ¿Sabes si tu abuelo tiene un historial de enfermedad mental?

Me reí.

—Ya vieron ese cuarto.

—¿Algunos otros indicios?

—Pensó que sus amigos estaban envenenando su whisky —dije—. Está eso.

No lograba hablar de las cartas. Estaban ahí si querían verlas.

—¿Qué te hace creer que tu abuelo podría estar desaparecido?

¿Qué significaba estar desaparecido? ¿Qué significaba creer? Lo único que había era una tela verde, desdoblándose. Huevos sin tocar. Habitaciones secretas y fotografías. Té y café y cigarrillos. Una cama tendida. Un par de pantuflas. Silencio. Los miles de secretos que guardaba.

—Creo que tenía cáncer —dije—. Había sangre en sus pañuelos.

—Cáncer —dijo uno de ellos y lo escribió.

Miré su libreta. Todo lo que les decía estaba ahí, como si mis respuestas realmente significaran algo, como si fueran a revelar la verdad.

—Sangre en pañuelos —dije—. ¿También va a escribir eso?

—Claro, cariño —dijo él, y escribió las palabras ordenadamente.

—Tenemos un par de testigos que vieron a un hombre viejo meterse al agua en Ocean Beach —dijo el otro, y yo ya lo sabía, supongo. Con cuánta facilidad debió de arrastrarlo el océano. Ya lo sabía, pero sentí mi cuerpo ponerse rígido, como si yo fuera la muerta—. Tenemos un equipo de búsqueda intentando encontrarlo ahí. Pero si es el hombre que vieron, lleva más de ocho horas desaparecido.

—¿*Ocho* horas? ¿Qué hora es?

La única ventana de la oficina daba al pasillo. Afuera debía de ser de día.

—Hay una pareja esperándote en el vestíbulo. El señor y la señora Valenzuela.

Imaginé al abuelo siendo tragado por el agua. Debió de estar muy fría. Sin traje de neopreno. Sólo con su delgada camiseta, sus brazos desnudos. Su piel delgada, con todos esos rasguños y moretones.

—Estoy muy cansada —dije.

—Estoy seguro de que ellos podrán llevarte a casa.

No quería verlo nunca más. Nunca volvería a verlo. Sin embargo, ¿cómo podría poner un pie en nuestra casa sin él? La pérdida me cayó de golpe, negra y cavernosa.

Pensé en Ana y Javier, en la bondad con la que me verían, en lo que podrían decirme, en cómo tendría que decirles lo que descubrí y en cómo ya sabía que no iba a poder.

—Creo que tomaré un taxi —mi voz sonó ronca.

—Se ven preocupados por ti. Llevan mucho tiempo esperando.

Seguro se estaba congelando.

Pensé en sus lágrimas.

—Te pediremos un taxi, cariño. Si estás segura de que eso es lo que quieres.

capítulo veinte

—No entiendo —dice Mabel—. ¿Birdie era tu madre?

—Birdie era mi madre. Y todas las cosas que ella le envió eran cosas que él ya tenía. Y todas las cartas que ella le mandó las escribió él mismo. "Escribes una carta, recibes una carta."

—¿No te diste cuenta de que era su letra?

—Nunca vi los sobres. Ni siquiera tenía llave del buzón.

—Está bien —dice Mabel—. Está bien.

—Tenía todo. Tenía fotos mías y fotos de ella. Tenía un maldito museo allá atrás y nunca me mostró nada. Pude haberla conocido. Nada de lo que teníamos era real. *Él* no era real.

Olvida frotar mis manos; sólo las aprieta.

—Pero sólo era el dolor, ¿no? Él *era* real. Sólo que, no sé, tenía roto el corazón.

"¿Eso era?" Pensé que nunca me había mentido. Pensé que yo sabía quién era, pero todo el tiempo fue un desconocido, y ¿cómo puedo llorar la muerte de un desconocido? Y si la persona que amé ni siquiera era una persona, entonces ¿cómo puede estar muerta? Esto es lo que pasa cuando me permito pensar demasiado. Cierro los ojos con fuerza. Quiero oscuridad, quietud, pero la luz se filtra.

—¿Está muerto? —le pregunto en un susurro, la versión más débil de mi voz. Esto es lo que más temo decir. La locura más grande, lo que me hace más parecida a él—. No sé si está muerto.

—Oye. Mírame.

—Dicen que se ahogó. Pero no lo encontraron. Nunca lo encontraron. ¿Acaso los cuerpos desaparecen así? ¿De verdad?

—Mírame —dice Mabel, pero no puedo—. Mírame —me repite.

Estoy viendo las costuras de mis jeans. Estoy viendo los hilos del tapete. Estoy viendo mis manos temblorosas que le arrebaté a Mabel y estoy segura de que me estoy volviendo loca. Como el abuelo, como la pobre esposa encerrada del señor Rochester, como la mujer que aullaba en la habitación del motel.

—Marin, él murió —dice Mabel—. Todos lo saben. Sabemos que se perdió en el océano. Salió en el periódico. Sólo que no sabemos cómo fue.

—Pero ¿cómo podemos saberlo con certeza?

—Sólo sabemos —dice—. Sólo sabemos.

capítulo veintiuno

AGOSTO

Vas por la vida pensando que necesitas muchas cosas. Tus jeans y tu suéter favoritos. La chamarra con forro de piel sintética para mantenerte tibia. Tu teléfono, tu música y tus libros preferidos. Rímel. Té irlandés de desayuno y capuchinos del Café Problema. Necesitas tus anuarios, todas las fotos del baile de la escuela donde hiciste poses rígidas, las notas que tus amigos metieron en tu casillero. Necesitas la cámara que te regalaron cuando cumpliste dieciséis y las flores que pusiste a secar. Necesitas tus cuadernos llenos de cosas que aprendiste y no quieres olvidar. Necesitas tu colcha blanca con diamantes negros. Necesitas tu almohada, que se amolda a tu forma de dormir. Necesitas revistas que prometen que puedes mejorar. Necesitas tus tenis para correr y tus sandalias y tus botas. Tu reporte de calificaciones del semestre en el que sacaste sólo dieces. Tu vestido del baile de graduación, tus aretes brillantes, tus dijes en sus delicadas cadenas. Necesitas tu ropa interior, tus sostenes claros y los negros. El atrapasueños que cuelga sobre tu cama. Las docenas y docenas de conchas en frascos de vidrio.

El taxi esperaba afuera de la estación.

Al aeropuerto, dije, pero no salió ningún sonido.

—Al aeropuerto —dije, y arrancamos.

Crees que necesitas todo eso.

Hasta que te vas sólo con tu teléfono, tu cartera y una fotografía de tu madre.

capítulo veintidós

AGOSTO

Apenas recuerdo haber llegado ahí. Caminé al mostrador y dije que tenía una reservación.

—¿Tiene un número de vuelo?

Sacudí la cabeza.

—¿Podría deletrear su nombre?

No podía pensar en una sola letra. Me limpié las palmas de las manos en los pantalones de mezclilla.

En la comisaría, los oficiales dijeron:

—¿Segura de que no sabes dónde está?

—Estaba dormida cuando se fue.

—¿Señorita? ¿Podría deletrearlo?

—Lo siento —dije—. No puedo deletrear mi nombre.

—Lo siento —les dije—. Le preparé huevos, pero no se los comió.

—Encontré una reservación a nombre de Marin Delaney. De San Francisco a Nueva York. Pero es para el veintitrés.

—Tengo que viajar antes —dije.

—*Podemos ver que estás alterada —dijeron ellos.*

—Permítame checar si puedo subirla al vuelo de hoy —dijo ella—. Habrá un cargo adicional.

Saqué la tarjeta de débito.

El calor me devoró cuando llegué a Nueva York. Toda mi vida, los días calurosos habían llegado con brisas frescas, pero aquí incluso al ponerse el sol, el aire era sofocante e implacable.

Abordé un autobús del aeropuerto. No sabía en qué dirección iba, pero no importaba en realidad. Miré por la ventana hasta que vi el anuncio de un motel que iluminaba la oscuridad. HOGAR LEJOS DEL HOGAR, decía. Toqué el timbre para bajarme en la siguiente parada. En cuanto entré al vestíbulo, supe que no era un buen lugar para estar. Debí irme, pero atravesé la habitación de cualquier forma.

—¿Tienes más de dieciocho? —me preguntó el hombre detrás del mostrador.

—Sí —dije.

Me miró.

—Necesitaré una identificación.

Le di mi licencia de conducir.

—¿Por cuánto tiempo te quedarás?

—Saldré el veintitrés.

Hizo el cargo a mi tarjeta, asintió, y me entregó una llave.

Subí las escaleras y caminé por un pasillo para encontrar la habitación 217. Me sobresalté frente a la habitación anterior a la mía; un hombre de pie frente a su ventana me miraba fijamente.

Giré la llave y entré.

Estaba peor que rancio. Peor que sucio.

Intenté abrir las ventanas para que entrara un poco de aire, pero sólo abrían siete centímetros, y el aire afuera seguía siendo sofocante y caliente. Las cortinas estaban rígidas, cubiertas de algo. La alfombra estaba manchada y desgastada, el edredón rasgado. Puse mi fotografía en su fólder sobre una silla junto con mi cartera y mi teléfono.

En la habitación de al lado, una mujer comenzó a aullar y no paraba. Abajo de mí, alguien veía telenovelas a todo volumen. Escuché que algo se rompía. Es posible que algunas habitaciones estuvieran ocupadas por personas normales que pasaban una mala racha, pero mi ala estaba repleta de gente dañada, y yo estaba en casa entre ellos.

Para entonces era tarde y no había comido nada. Estaba sorprendida de que pudiera tener hambre, pero mi estómago se revolvía y gruñía, así que crucé la calle a la cafetería. Elegí mi propia mesa, como decían las instrucciones del letrero. Pedí un sándwich de queso a la parrilla, papas a la francesa y una malteada de chocolate. Temía que nada pudiera saciarme.

Estaba totalmente oscuro cuando volví al otro lado de la calle. Le pedí un cepillo de dientes a la recepcionista del motel. Me dijo que había una farmacia cruzando la calle, pero luego me dio un estuche de viaje que alguien olvidó, aún envuelto en plástico, con un cepillo de dientes y un tubo de pasta dental diminutos. Caminé frente a mi vecino, que aún miraba fijamente por la ventana. Mientras salpicaba agua en mi rostro, pensé haber escuchado al abuelo cantar, pero cuando cerré el grifo no había nada.

Volví a salir. Toqué a la puerta junto a la mía. El hombre la abrió.

Tenía las mejillas hundidas y los ojos rojos. Era el tipo de persona por la que cambiaría de acera para evitarla.

—Necesito pedirle algo —dije—. Si ve a un hombre viejo afuera de mi habitación, ¿podría golpear la pared para avisarme?

—Por supuesto —dijo.

Luego caí dormida, sabiendo que él observaba.

Tres noches después escuché un golpecito sobre mi cabeza. ¿Tendría manchas de sangre, sería fantasmal? Afuera estaba silencioso. No había nadie. Los ojos vacíos de mi vecino se asomaron a través de la pantalla. Sabía que no se había movido por mucho tiempo. No fue él quien tocó. Quizás había sido un roedor, escarbando en las paredes. Quizá sería mi mente, jugándome una mala pasada. Quizá fue alguien arriba. Quizás era él, persiguiéndome.

Él cantaba cada vez que abría el grifo, así que dejé de usar el agua.

Sólo quedaban seis días antes de poder mudarme a los dormitorios. En la farmacia, compré un galón de agua para beber y lavarme los dientes. Compré una botella de gel antiséptico para las manos. Compré un paquete de camisetas blancas y un paquete de ropa interior blanca. Compré talco para bebé para la grasa de mi cabello.

Pedí una sopa de chícharos.

Huevos revueltos.

Café.

Usé la tarjeta de débito.

Dejé dieciocho por ciento de propina.

Di las gracias.

Me decían: "Nos vemos en la noche".

"Nos vemos en la mañana."

"La tarta de cereza es el especial de hoy."

Dije gracias.

Dije nos vemos.

Miré hacia ambos lados.

Crucé la calle.

Encendí el televisor. Había una serie sobre juicios. Risas grabadas. Toallas sanitarias. Jabones. Productos de limpieza.

Jalé las cobijas, ignoré las manchas. Me metí debajo de ellas como un roedor en la pared. Buscaba una y otra vez la posición correcta. Me quedé muy quieta. Cerré los ojos.

—Estás bien —me dije.

—Silencio —me dije.

capítulo veintitrés

—Ven conmigo —dice Mabel.

Nuestra conversación ha terminado. Estamos en el suelo una frente a la otra, cada una recargada contra una cama. Debería sentir que me he quitado un peso de encima ahora que he dicho todo, pero no. Aún no. Quizás en la mañana se asome un sentimiento nuevo.

—Prometo que ésta es la última vez que te lo pido. Sólo ven a casa por unos días.

Si no fuera por las mentiras que él me dijo.

Si Birdie hubiera sido una mujer mayor con hermosa caligrafía.

Si sus abrigos fueran lo único colgado en el armario y él hubiera sabido que sus pulmones estaban negros y bebiera su whisky sin sospechas.

Si yo pudiera dejar de soñar la escena de un lecho de muerte, en la que sus cobijas de hospital están frescas sobre su vientre y sus manos toman las mías. En la que dice algo como: "Te veré del otro lado, marinera". O "te amo, cariño". Y una enfermera me toca el hombro y me dice que se ha terminado, a pesar de que puedo notarlo en su pacífica quietud. "Tómate tu tiempo", dice ella, así que sólo nos quedamos ahí, él y yo, hasta que cae la oscuridad y me siento lo suficientemente fuerte para dejar la habitación sin él.

—No puedo dejarte aquí —dice Mabel.

—Lo siento. *Sí* iré contigo. Algún día. Pero no puedo hacerlo mañana.

Juega con las orillas deshilachadas del tapete.

—Mabel…

No me mira.

Todo está en silencio. Propondría ir a otro lado, incluso sólo salir a caminar, pero las dos estamos desanimadas por el frío. La luna está enmarcada de manera perfecta por la ventana, un creciente de blanco contra el negro, y puedo ver por su claridad que ya no está nevando.

—No debí sólo llamar y enviar mensajes. Debí venir a verte.

—Está bien.

—Parecía que llevaba mucho tiempo enfermo. Muy frágil o algo así.

—Lo sé.

Sus ojos se llenan de lágrimas y mira por la ventana.

Me pregunto si ve lo que yo veo. Si siente la misma quietud.

"Mabel", quiero decir. "No nos queda mucho tiempo."

"Mabel."

"Estoy yo y estás tú y la nieve ha dejado de caer. Sólo sentémonos aquí."

Un rato después, estamos de pie una junto a la otra frente a los lavabos del baño. Nos vemos cansadas y algo más. Me toma un minuto identificarlo. Y luego lo sé.

Nos vemos jóvenes.

Mabel unta pasta de dientes en su cepillo. Me da el tubo.

No dice "aquí tienes". Yo no digo "gracias".

Cepillo en movimientos circulares como se supone que debes hacerlo. Mabel cepilla de un lado a otro, con fuerza. Miro mi reflejo y me concentro en dedicarle el tiempo suficiente a cada diente.

De pie así, en el baño de casa de Mabel, nunca habríamos estado en silencio. Siempre había millones de cosas que contar, cada tema más importante que el anterior, de manera que nuestras conversaciones rara vez comenzaban y terminaban, más bien comenzaban y eran interrumpidas y continuadas, hilos de pensamientos que hacíamos a un lado y retomábamos más tarde.

Si las nosotras del pasado vieran un destello de lo que somos ahora, ¿qué pensarían?

Nuestros cuerpos son iguales, pero hay una pesadez en los hombros de Mabel, un agotamiento en la forma en la que mi cadera se recarga contra el mueble del baño. Una hinchazón alrededor de sus ojos, una sombra oscura bajo los míos. Pero más que eso, está nuestro distanciamiento.

No respondí a los mil ochocientos mensajes de texto de Mabel porque sabía que terminaríamos así sin importar nada. Lo que sucedió nos afectó, aunque no se trataba de nosotras para nada. Porque sé que a pesar de todo su cariño y comprensión, cuando esta visite termine y ella esté de regreso en

Los Ángeles con Jacob y sus nuevos amigos, sentada en salas de conferencias o dando una vuelta en la rueda de la fortuna en Santa Mónica o cenando sola frente a un libro de texto, ella será la misma que siempre ha sido, valiente y graciosa y completa. Ella seguirá siendo ella misma y yo estaré descubriendo quién soy ahora.

Ella escupe en el lavabo. Yo escupo en el lavabo. Enjuagamos nuestros cepillos, los sacudimos en estrecha sucesión.

Ambos grifos corren mientras nos lavamos la cara.

No sé en qué está pensando. Ni siquiera puedo adivinarlo.

Caminamos de vuelta por el pasillo, apagamos las luces y nos subimos a las camas individuales una frente a la otra.

Mis ojos están abiertos en la oscuridad.

—Buenas noches —digo.

Ella está en silencio.

—Espero que no pienses —dice—, que por Jacob... —me mira buscando un indicio de que comprendo. Se da por vencida—. No es que lo haya conocido y me haya olvidado de ti. Estaba intentando seguir adelante. No me diste otras opciones. La noche antes de salir con él te mandé otro mensaje. "¿Recuerdas Nebraska?" Eso es lo que escribí. Me quedé despierta hasta tarde esperando que respondieras. Dormí con el teléfono al lado de mi almohada. Bastaba una palabra tuya para no ir. Habría esperado más tiempo, pero me hiciste a un lado —dice—. No intento hacerte sentir culpable. Ahora lo entiendo. En verdad. Sólo necesito que sepas cómo sucedió. Estoy feliz ahora, con él, pero no estaría con él si hubieras respondido.

El dolor que siento cuando dice esto no es su culpa. En lo profundo de mi pecho aún hay un hueco doliente, vacío, aterrador. No puedo imaginar abrirme al impulso de besarla, no puedo imaginar sus manos bajo mi ropa.

—Lo siento —digo—. Sé que fui yo quien desapareció.

Aún puedo ver la luna por la ventana. Aún puedo sentir la quietud de la noche. Puedo escuchar a Mabel decir que el abuelo está muerto, que "ya no está". Suena muy segura e intento sentir esa certeza también.

Intento no pensar en su desamor, en cómo lo causé, pero no puedo evitarlo y me inunda por completo.

—Lo siento —digo otra vez.

—Lo sé —dice Mabel—. Lo entiendo.

—Gracias por venir —digo.

Las horas se alargan, me quedo dormida y despierto, y en algún momento ella se levanta de la cama y sale de la habitación. Se queda afuera un largo rato y yo intento mantenerme despierta hasta que regrese, pero sólo espero y espero y espero.

Cuando despierto de nuevo con la primera luz de la mañana, ella está de regreso en la cama de Hannah y duerme con el brazo sobre los ojos como si pudiera evitar el día.

capítulo veinticuatro

Cuando abro los ojos de nuevo, ella no está aquí. Me invade el pánico de no haberla visto, de que se hubiera ido sin despedirse.

Pero aquí está su mochila, abierta en medio de mi habitación.

Pensar en que la colgara sobre su hombro y saliera es suficiente para doblarme. Debo llenar los minutos entre ahora y entonces con todo lo que pueda.

Me levanto de la cama y saco los regalos que compré. Quisiera tener papel para envolver o al menos algo de listón, pero el papel de china basta. Me pongo el sostén, jeans y una camiseta. Me cepillo el cabello. Por alguna razón no quiero estar en piyama cuando la acompañe abajo.

—Hola —dice desde el umbral de la puerta.

—Buenos días —digo, intentando no llorar—. Regreso enseguida.

Me apresuro a orinar y a lavarme los dientes para poder regresar con ella. La alcanzo antes de que cierre su maleta.

—Estaba pensando que podríamos envolver esto con tu ropa —digo, y le doy el florero que compré para sus padres.

Lo toma y lo arropa entre sus cosas. Alcanza el cierre, pero la detengo.

—Cierra los ojos y extiende las manos —digo.

—¿No debería esperar? —pregunta.

—Mucha gente intercambia regalos en Nochebuena.

—Pero lo que compré para ti es...

—Lo sé. No importa. Quiero verte abrirlo.

Asiente con la cabeza.

—Cierra los ojos —digo otra vez.

Los cierra. La miro. Le deseo todo lo mejor; un taxista amigable y filas cortas cuando pase seguridad. Un vuelo sin turbulencia y un asiento vacío junto a ella. Una Navidad hermosa. Le deseo más felicidad de la que pueda caber en una persona. Le deseo el tipo de felicidad que se desborda.

Coloco la campana en sus palmas abiertas.

Abre los ojos y la desenvuelve.

—Te diste cuenta —dice.

—Hazla sonar.

Lo hace y el tono perdura y esperamos en silencio hasta que desaparece.

—Gracias —dice—. Es tan bonita...

Se cuelga la bolsa sobre el hombro y su partida me duele tanto como esperaba. La sigo al elevador. Cuando llegamos a la puerta, el taxi está esperando entre un mar de blanco.

—Estás segura, ¿verdad? —pregunta.

—Sí —digo.

Mira a través de la ventana.

Se muerde una uña.

—¿Estás segura de que estás segura?

Asiento con la cabeza.

Ella inhala profundamente, logra una sonrisa.

—Está bien. Bueno. Te veré pronto.

Se acerca y me abraza con fuerza. Cierro los ojos. Pronto llegará el momento (en cualquier segundo) en que partirá y esto habrá terminado. En mi mente, seguimos terminando, terminando. Intento quedarme aquí, ahora, tanto como nos sea posible.

No me importa que su suéter pique. No me importa que el taxista esté esperando. Siento su tórax expandirse y retraerse. Nos quedamos y nos quedamos.

Hasta que me suelta.

—Nos vemos pronto —digo, pero las palabras salen densas, con desesperación.

Estoy tomando la decisión equivocada.

La puerta de vidrio se abre. El frío entra de golpe.

Ella sale y cierra la puerta detrás de sí.

Cuando viví con Jones y Agnes, era su hija, Samantha, quien preparaba mi desayuno. Pan de trigo y puré de manzana, cada mañana. Comíamos lo mismo, sentadas en bancos en su cocina. Ella revisaba mi tarea si tenía preguntas, pero recuerdo no haber requerido mucha ayuda. Siempre arrugaba la frente y decía que había pasado mucho tiempo desde que había aprendido esas cosas. Lo descifraba eventualmente y lo repasaba conmigo, pero era más divertido preguntarle sobre sus revistas porque le encantaba hablar de ellas. Aprendí qué eran las multas por conducir bajo los efectos del alcohol porque Paris Hilton y Nicole Richie las recibieron. La noticia de la boda de Tom Cruise y Katie Holmes estaba en todas partes. Aprendí qué esperar con la publicación de cada número.

Rara vez veía a Jones y Agnes hasta después de la escuela, porque dormían hasta tarde y le confiaban mi cuidado matutino a Samantha. Siempre fue linda conmigo después de eso. Siempre me arreglaba las uñas gratis.

Ya no tengo su número. Ha pasado mucho tiempo desde que vivía con sus padres. Quisiera tenerlo ahora. Llamo al salón, en caso de que esté ahí temprano, trabajando antes de abrir, pero el teléfono suena y suena y luego sale el mensaje del buzón. Escucho su voz que lentamente anuncia el horario y la ubicación.

Camino de un lado al otro de la habitación por un rato, espero a que den las diez en San Francisco. En cuanto da la una aquí, llamo de nuevo.

—Eres tú —dice Jones cuando digo hola.

—Sí. Soy yo.

—¿Dónde estás?

—En la escuela.

Él guarda silencio.

—Ya veo —dice—. ¿Estás pasando las vacaciones con chicos alborotadores como tú?

Seguro está haciendo un inventario de con quién podría estar; imagina a algunos de nosotros aquí, un grupo fragmentado de huérfanos y marginados.

—Algo así —digo.

Debí preparar algo que decirle. La verdad, sólo llamé para recordarle (y quizás a mí misma) que sigo siendo parte del mundo. Se siente como si fuera ahora o nunca con él y no estoy segura de si quiero perder lo que queda de la vida que el abuelo y yo compartimos. Solía estar segura, pero ahora no.

Estoy a punto de preguntar cómo está Agnes, pero él habla antes de que me salgan las palabras.

—Lo tengo todo —dice—. Sólo para que sepas. Lo quieras o no, todo está aquí en la cochera esperándote. No las camas, ni el refrigerador, ni nada de eso. Las cosas reales. El dueño organizó una venta de liquidación después de que el lugar estuvo sin habitar durante treinta días. Y los chicos y yo compramos todo.

Cierro los ojos: candelabros de latón, la cobija azul y dorada, la vajilla de porcelana de mi abuela con diminutas flores rojas.

—Todos nos sentimos muy mal al respecto —dice—. Sentimos que debíamos hacer algo por ti.

—¿Qué hay de las cartas?

Silencio.

Se aclara la garganta.

—Están aquí. El casero nos dio las, ejem, cosas más personales.

—¿Puedes deshacerte de ellas?

—Puedo hacerlo.

—Pero guarda las fotografías. ¿Está bien?

—Ajá —dice.

Pienso en todas esas fotografías que el abuelo guardó para sí mismo. Mi quijada se tensa por lo injusto que fue. Debió sentarse a mi lado y mostrarme. Debió decir: "Bien, creo que esto fue cuando...", o "Ah, sí, recuerdo este día...". Debió decirme todas las formas en las que le recordaba a ella. Debió ayudarme a recordarla. Nunca debió dejarme olvidar.

Jones sigue en silencio. Escucho que se aclara la garganta.

—Tu abuelo estuvo en el hospital hace mucho tiempo, cuando te quedaste con nosotros. No estoy seguro de si lo recuerdas. Eso casi lo mata, así que no queríamos regresarlo ahí. Quisiera poder decir que fue la decisión correcta. Quisiera poder decir que no me di cuenta de que empeoró tanto otra vez. *Quisiera* poder decir eso.

Inhalo y exhalo. Requiere de mucho esfuerzo.

—Pensé que estaba enfermo.

—Bueno, lo estaba. Sólo que en más formas de las que creías.

Aclara la garganta de nuevo. Espero.

—A veces es difícil —dice—, saber qué es lo correcto.

Asiento aunque él no pueda verme. No hay forma de discutir con una afirmación así, incluso cuando un futuro distinto se desdobla en mi cabeza, uno en el que sé para qué son las medicinas del abuelo y lo observo para asegurarme de que las tome, y él me lleva a sus citas y sus doctores me dicen que debo estar atenta.

Necesito encontrar algo amable que decir, algo en lugar de estos pensamientos sobre cómo el abuelo me falló, cómo Jones nos falló. Él lo sabe, puedo escucharlo en su voz.

—Feliz Nochebuena, Jones —digo al final, queriendo que la conversación termine.

—¿De pronto te volviste religiosa? Si tu abuelo tuviera una tumba, se estaría retorciendo en ella.

Es una broma pesada, del tipo que solían hacer en mi cocina.

—Sólo es un decir —le digo. Afuera de la ventana, la nieve cae otra vez. No como tormenta, sólo copos dispersos a la deriva—. Dale mi cariño a Agnes y a Samantha, Jones. Y diles a los chicos que los mando saludar.

Después de colgar, abro el sobre de Hannah y algo sale volando. Se desdobla al caer: una cadena de copos de nieve de papel, blancos y resplandecientes. No hay un mensaje adentro. Es justo lo que aparenta ser.

capítulo veinticinco

SEPTIEMBRE

Me presenté el día de la orientación para estudiantes de primer año sin compañía, con una maleta deportiva sobre el hombro llena de mi ropa, algunas galletas y la fotografía de Birdie. Vi el sobresalto de Hannah cuando aparecí en el umbral de la puerta. Luego la vi controlarse y sonreír.

Extendió la mano, pero su sorpresa me había tomado de los hombros y me había sacudido. Estaba aquí, en una escuela, rodeada de chicas de mi edad. Nadie le gritaba al televisor. Nadie se quedaba horas frente a su ventana. Nadie evitaba abrir el grifo por miedo a los fantasmas.

"Recobra la compostura", me dije a mí misma.

Yo era una chica normal, no de ésas que causan sobresaltos. Era del tipo que se ducha todos los días y se viste con ropa limpia y contesta el teléfono cuando suena. Cuando me veía en peligro, cambiaba de acera. Cuando llegaba la mañana, desayunaba.

Esa persona de pie en el umbral de la puerta no era yo.

Le di la mano a Hannah. Me obligué a esbozar una sonrisa.

—¡Debo parecer un desastre! —dije—. Tuve un par de semanas difíciles. Voy a dejar mis cosas y a buscar las regaderas.

¿Acaso vi una expresión de alivio en ella? Esperé que sí. Iba a abrir mi maleta atiborrada de ropa sucia, pero lo pensé dos veces por el olor que emanaría.

—También buscaré la lavandería —dije.

—Segundo piso —dijo Hannah—. Y los baños están a la vuelta. Hicimos el recorrido esta mañana.

Volví a sonreír.

—Gracias —dije.

Casi todas las regaderas estaban juntas como vestidores, pero encontré un baño completo con una puerta que cerraba con llave. Me quité la camisa y los pantalones, y los dejé caer al piso. Este lugar estaba mucho más limpio que donde había estado.

Me quité la ropa interior, desabroché mi sostén. La chica en el espejo lucía salvaje. Rostro hinchado, ojos feroces, cabello grasoso. No era raro que Hannah estuviera sorprendida. Yo también lo estaba.

Pero no tenía jabón o champú. Eso fue suficiente para hacerme llorar. El agua no podía arreglarlo todo por sí sola.

Quería una habitación llena de vapor y aroma a lavanda o durazno.

Había jabón líquido en el muro junto al lavabo. Bombeé tanto como pude con una mano y abrí la puerta de la ducha con la otra. Como por arte de magia, en una repisa había contenedores de champú, acondicionador y jabón de hotel. Abrí el grifo y me enjuagué el jabón líquido amarillo. Mientras el agua se calentaba, examiné las pequeñas botellas de hotel. Eucalipto. Me paré bajo el agua y me encerré en el pequeño espacio cuadrado de azulejos verde menta. Su pequeñez era reconfortante. Todo lo que escuchaba era agua cayendo, el agua haciendo eco.

El eucalipto llenó el cuarto.

Me eché champú y lo enjuagué hasta que la botella quedó vacía. Me lavé el rostro y el cuerpo con el jabón. Dejé que el acondicionador actuara por un largo rato. En California siempre estábamos preocupados por las sequías, siempre cuidábamos el agua. Pero estaba lejos de ahí.

"Estoy lejos de California", susurré.

Me quedé más tiempo. El agua caliente duró para siempre. Sabía que podía lavar la suciedad y la grasa, pero la ferocidad en mis ojos sería más difícil de quitar, y ésa era la peor parte.

Me dije a mí misma que sólo debía respirar.

Inhalé.

Exhalé.

Lo repetí una y otra vez, hasta que ya no estaba consciente de estar en la regadera, en los dormitorios, en Nueva York. Hasta que no estaba consciente de nada.

Ponerme la ropa sucia de nuevo fue un sacrilegio. Elegí la menos usada y metí el resto a la lavadora con detergente de la máquina expendedora. Luego fui a buscar la tienda para estudiantes, desesperada por otra cosa que vestir mientras tanto.

La tienda era un caos. Padres e hijos se movían en multitud a lo largo de los pasillos, admirando las chucherías, quejándose del precio de los libros de texto. Los novatos de primer año lloriqueaban y se preocupaban; todo era lo más importante del mundo. Yo era invisible, me movía en silencio entre ellos hacia la sección de ropa. Era la única persona sola ahí.

Lo que encontré me asombró.

No tenía idea de que pudiera existir tal espíritu escolar.

Había camisetas y playeras tipo polo, sudaderas, pants y shorts. Calzones, bóxers y sostenes. Piyamas y camisetas sin manga, calcetines y sandalias. ¡Incluso un vestido! Todo engalanado con los colores y la mascota de la escuela. Todo tan limpio.

Compré un montón de cosas, gasté más de trescientos dólares en ropa. Mientras deslizaba mi tarjeta de débito, me di cuenta de que mis fondos se acabarían. No pronto, pero tampoco durarían mucho. Si no encontraba una manera de ingresar dinero a la cuenta, estaría quebrada en un año.

Pedí utilizar el vestidor al salir y me puse el sostén y la ropa interior limpios. Los calzones tenían un dibujo de la mascota en las nalgas. Eran divertidos, aunque sólo yo los vería. El sostén era más deportivo que cualquiera que hubiera tenido, pero era lindo de cualquier forma. El día era caluroso, así que elegí los shorts de tela de toalla, agradecida por ser tan rubia que podía mostrar mis piernas incluso cuando no las hubiera rasurado en un rato. Por último, la camiseta. Las arrugas de los dobleces seguían ahí.

Me miré en el espejo de cuerpo completo.

Mi cabello estaba limpio y lacio, todavía un poco húmedo. La ropa me quedaba bien. Olía a spa. Me veía como cualquier otra chica.

Pasé por el cuarto de lavado al regresar, pero en lugar de meter mi ropa a la secadora, la tire a la basura.

Hannah estaba en su habitación cuando regresé, esta vez sus padres estaban ahí también. Su mamá estaba poniéndole las sábanas a su cama. Su padrastro estaba colgando un cartel enmarcado de la obra *Rent* en Broadway.

—Hola —dije desde el umbral de la puerta.

¿Cuántas veces tienes la oportunidad de hacer algo de nuevo, de hacerlo bien? Sólo puedes causar una primera impresión, a menos que la persona que conozcas tenga un tipo de generosidad raro y específico. No del tipo que te da el beneficio de la duda, no del tipo que dice: "Una vez que la conozca mejor, probablemente esté bien", o del tipo que dice: "No. Inaceptable", sino del tipo que dice: "Puedes hacerlo mejor. Ahora demuéstramelo".

—¡Debes de ser Marin! —dijo su mamá—. ¡Moríamos por conocerte!

—Ahora cuéntanos —dijo su padrastro—. ¿Es *Marin* como *marinero*, o *Marin* como el condado?

—El condado —dije—. Es un gusto conocerlos.

Les di la mano.

Hannah dijo:

—Gusto en conocerte, Marin —nos sonreímos como si el encuentro de la mañana nunca hubiera sucedido—. Espero que no te moleste que me haya apropiado de este lado.

—Para nada.

—¿Tu familia ya se fue? —preguntó la mamá de Hannah.

—No pudieron venir, de hecho. Estoy comenzando con esto de la independencia un poco antes.

El padrastro de Hannah dijo:

—¡Bueno, pues! Nos encantaría ayudar.

—¿Tienes sábanas? —preguntó su mamá, doblando la colcha de Hannah.

Sacudí la cabeza. El colchón desnudo era demasiado evidente. Me pregunté cuántas cosas más no había planeado.

—Mi mamá empacó demasiados juegos para mí —dijo Hannah.

—¡Pues qué bien que lo hice! —dijo su mamá.

Pronto el lado de la habitación de Hannah se veía como si hubiera vivido ahí durante meses y el mío estaba desnudo excepto por unas sábanas de rayas rojas, una almohada suave y una cobija color crema.

—Muchas gracias —les dije a sus padres cuando se iban. Intenté sonar despreocupadamente agradecida y no como realmente me sentía: como si me hubieran salvado la vida.

Y Hannah continuó salvándome. Me salvó al no hacer preguntas, al leerme sobre abejas y botánica y evolución. Me salvó con ropa prestada que nunca pidió de vuelta. Me salvó con asientos junto a ella en el comedor, con evasiones rápidas cuando la gente me hacía preguntas que no podía responder, con capítulos leídos en voz alta y viajes forzados fuera del campus y vueltas al supermercado y un par de botas de invierno.

capítulo veintiséis

Tomo un par de tachuelas del frasco que está en el escritorio de Hannah y me acerco a mi pizarrón de corcho vacío. Fijo la cadena de copos de nieve en la parte superior y luego le envío una fotografía por mensaje de texto a Hannah. Me responde enseguida con dos chócalas con un corazón en medio.

Se siente tan bien... Quiero hacer más. Saco la maceta nueva de su bolsa y la coloco en mi escritorio. Mi peperomia está floreciente, con hojas plenas y luminosas. Con cuidado, libero sus raíces del contenedor de plástico en el que estaba. Derramo la tierra sobrante en la maceta de Claudia y luego coloco las raíces en medio, presiono la tierra a su alrededor. Vierto un poco del agua que dejó Mabel en la taza que estaba usando. En cuanto pueda conseguiré más tierra, pero por lo pronto es suficiente.

Cruzo la habitación y volteo a ver mi escritorio. Dos tazones amarillos, una maceta rosa con una planta verde y frondosa, una cadena de copos de nieve de papel.

Es bonito, pero necesita algo más.

Arrastro mi silla hacia el armario y me paro en ella para alcanzar la repisa superior. Encuentro lo único que hay ahí: la fotografía de mi madre a los veintidós años, de pie bajo el sol. Tomo prestadas cuatro tachuelas plateadas de Hannah y elijo el espacio perfecto en mi pizarrón de corcho, justo a la derecha de los copos de nieve; inserto las tachuelas junto a las esquinas de la fotografía para que la sujeten sin perforarla. Es una imagen grande, de ocho por diez tal vez, que transforma la esquina.

No digo que no me asuste traerla a la luz. Mi madre en Ocean Beach. Su tabla de surf color durazno desteñido por el sol recargada bajo el brazo. Su traje de neopreno negro y su cabello mojado. Sus ojos entornados y su enorme sonrisa.

Me asusta, sí, pero también se siente bien.

La miro fijamente.

Intento e intento e intento recordar.

Un par de horas más tarde, tomo una larga ducha. Dejo que el agua corra sobre mí.

Cuando regrese, cuando sea que eso suceda, necesitaré encontrar algo del abuelo que pueda esparcir o enterrar. No pude reírme de la broma de Jones. En lugar de eso hace eco, como me pasa siempre con las cosas verdaderas cuando intento negarlas. "Si tu abuelo tuviera una tumba, si tu abuelo tuviera una tumba." Ha pasado suficiente tiempo para saber que Mabel tenía razón. Pero otra versión de la historia surge a veces, una de él con unos cuantos miles de dólares en los bolsillos, ganancias de apuestas que guardó para sí, en su camino a las Montañas Rocallosas.

Necesito darle una tumba para poder contenerlo. Necesito sepultar algo para anclar su fantasma. Uno de estos días, en un futuro no muy lejano, me echaré un clavado en la cochera de Jones, buscaré entre nuestras cosas viejas, armaré una caja de objetos en lugar de cenizas, y le encontraré un lugar donde descansar.

Me enjuago el acondicionador del cabello. Apago el agua e inhalo el vapor.

Solía usar una cadena de oro alrededor del cuello en ocasiones especiales. Me pregunto si Jones la recuperó para mí.

Me seco y me envuelvo en una toalla. Cuando regreso a mi habitación, miro mi teléfono. Sólo son las dos.

Me inspiro en la lista que hice la primera noche que pasé sola y hago sopa. Corto vegetales y hiervo pasta, vierto un envase de caldo de pollo en una olla.

Una vez que he combinado todos los ingredientes y es hora de esperar que se cocinen, me dirijo al segundo ensayo del libro de la soledad, pero mi mente está demasiado ocupada con las diferentes versiones de la historia del último verano. Hay una en la que le fallo, en la que dejo de ir a casa y él deja de hacer la cena, y yo no estoy cerca para ver cuánto me necesita. Y luego hay una en la que él me falla, en la que puedo sentir que no me quiere ahí, que le estorbo. Así que me alejo, por él y por mí. Nunca enfrento su rechazo. De manera que finjo que soy lo más importante para él, así como él lo es para mí. Porque si tenemos un instinto de conservación, hacemos lo mejor que podemos con lo que nos dan.

Me dieron pasteles, galletas y aventones a la escuela. Me dieron canciones y cenas en una mesa con candelabros de latón. Me dieron un hombre con un corazón sensible, un sentido del humor pícaro y suficiente habilidad con las cartas como para ganar un año de universidad privada para mí (colegiatura con alojamiento y comidas) y yo tomé todas esas cosas buenas y me dije a mí misma que nos hacían especiales. Me dije a mí misma que significaban que éramos una familia, como Mabel, Ana y Javier, me dije a mí misma que no nos faltaba nada.

Éramos maestros de la confabulación, el abuelo y yo. En eso, al menos, estábamos juntos.

Cuando salieron los anuarios, no fui directo al final como todos los demás para encontrar las páginas de los alumnos del último año. En lugar de eso, comencé desde el principio. Miré cada página con las chicas de primer año. Ni siquiera las conocía, pero me tomé mi tiempo, como si fueran mis amigas. Estudié las páginas de los clubes, las de segundo año, las de los equipos de deportes. Las estudiantes de penúltimo año y los bailes, los maestros y los días temáticos. Entonces apareció ante mí la primera página con los del último año, y leí cada cita, miré fijamente las fotografías de todas estas chicas de bebés. Tantos moños y cabezas pelonas, tantos vestidos diminutos y manos diminutas, tantas páginas para ver antes de llegar a la mía…

En cuanto volteé la página me vi.

En lugar de dejar un espacio en blanco donde debía aparecer mi fotografía de bebé, los editores agrandaron mi retrato de último año para que ocupara ambos espacios. Alrededor de mí estaban mis compañeras de bebés y luego como son ahora; luego estaba yo, como si hubiera entrado a este mundo a los dieciocho años en una blusa negra sin mangas y una sonrisa rígida. Pensé que no sería la única, pero llegué al final y sí. Incluso Jodi Price, adoptada a los ocho años, tenía una fotografía de bebé. Hasta Fen Xu la tenía, y su casa se había quemado el año anterior.

Esos días y noches en el motel pensé que le temía a su fantasma, pero no era así.

Le temía a mi soledad.

Y a cómo me habían engañado.

Y a la forma en que me convencí de tantas cosas: de que no estaba triste, de que no estaba sola.

Le temía al hombre a quien había amado y que había sido un desconocido.

Le temía a cómo lo odiaba.

A cómo lo quería de vuelta.

A lo que había en esas cajas y lo que podría descubrir algún día y la oportunidad que pude haber perdido al dejarlas atrás.

Le temía a la forma en que habíamos vivido sin abrir las puertas.

Le temía a que no hubiéramos estado en casa el uno con el otro.

Le temía a las mentiras que me dije a mí misma.

A las mentiras que él me dijo.

Temía que nuestras piernas bajo la mesa no hubieran significado nada.

Doblar la ropa no significaba nada.

El té y los pasteles y las canciones; *todo eso* no significaba nada.

capítulo veintisiete

Temo que nunca me haya amado.

capítulo veintiocho

El cielo de invierno es gris brillante y nítido. Afuera de la ventana, veo un ave que se acerca y se va, una rama delgada se quiebra y cae.

Debí haber ido con ella.

capítulo veintinueve

Estoy sentada sobre mi cama, recargada en la pared, otra vez viendo nevar. Quiero el estruendo del océano, un día frío pero seco, la sensación que viene con las nubes pesadas a la distancia. Alivio de la sequía. La novedad de estar confinada en casa. Leña en la chimenea, calor y luz.

No le pregunté a Jones qué quería decir cuando mencionó que había guardado las cosas reales. Si se refería a mis conchas marinas. O a la cobija azul y dorada. O a la mesa plegable de la cocina y las sillas a juego. Intento imaginar mi futuro departamento. Mi propia cocina con decoraciones en la pared. Repisas con mi colección de cerámica de Claudia.

No sé si veo la mesa y las sillas y la cobija. No sé si quiero.

Si sigo mirando por la ventana, veré la nieve asentarse en los caminos otra vez y cubrir los árboles que ya comenzaban a mostrar partes de sus ramas.

Encuentro un documental en internet sobre una mujer mayor que hace cerámica en su casa todos los días, en una granja. Coloco la computadora en mi silla del escritorio, me cubro con las cobijas y lo veo. En diez días será momento de llamar a Claudia. Espero que aún quiera contratarme. Todas estas tomas cerradas de las manos de la alfarera en el barro... No puedo esperar a sentir eso.

Mi cuerpo está muy quieto. La película es muy silenciosa. Quiero nadar, pero no puedo. Faltan tres semanas para que todos regresen y la alberca vuelva a abrir para que pueda sentir esa zambullida, esa ráfaga de adrenalina. Pero necesito hacer *algo*. Ahora. Mis extremidades me lo están rogando.

Así que le pongo pausa a la película, me levanto y salgo al vestíbulo. Me quito las pantuflas y siento la alfombra bajo los pies. Miro fijamente el pasillo largo y vacío y corro. Corro hasta que llego al final y luego de regreso; necesito algo más, así que abro la boca y los pulmones y grito mientras corro. Lleno este edificio clasificado como histórico con mi voz. Y luego empujo la puerta para abrirla hacia las escaleras y aquí dentro mi voz hace eco. Corro hacia arriba, no para disfrutar la vista sino para sentir que me muevo, y corro y grito y corro hasta que he recorrido cada pasillo de cada piso. Hasta que estoy jadeando y sudorosa y saciada de manera parcial pero vital.

Regreso a mi habitación y colapso en mi cama. El cielo está cambiando, se está volviendo más oscuro. Voy a acostarme aquí, en este lugar silencioso, y miraré por la ventana hasta que la noche sea negra. Seré testigo de cada color en el cielo.

Y lo hago. Me siento tranquila.

Pero sólo son las cinco y media, faltan diez días para que pueda llamar a Claudia y veintitrés días hasta que todos regresen.

Estaba bien hace un momento. Aprenderé a estar bien de nuevo.

Pongo la película otra vez y la veo hasta el final, corren los créditos y terminan y la pantalla cambia. Hay una lista de documentales que podrían gustarme. Paso el cursor sobre ellos para desplegar más información y ver de qué tratan, pero ninguno me importa lo suficiente como para verlo. En lugar de hacer eso, me recuesto. Miro el techo oscuro y recuerdo la puerta cerrándose entre Mabel y yo. Se despidió con la mano desde el taxi. Sus botas estaban secas para entonces —las colocamos junto al radiador y las dejamos ahí toda la noche—, pero estaban manchadas y deformadas. Me pregunto si las tirará a la basura cuando llegue a casa.

Debería de estar llegando más o menos ahora. Me levanto para tomar el teléfono. Si me envía un mensaje de texto, quiero verlo justo cuando entre. Quiero que reciba mi respuesta de inmediato. Me recuesto con el teléfono a mi lado. Cierro los ojos y espero.

Y luego oigo algo. Un auto. Abro los ojos. La luz se extiende a lo largo del techo.

Debe de ser Tommy, que viene a echarme un ojo a mí o al edificio. Enciendo la luz y me acerco a la ventana para saludar.

Pero no es una camioneta, es un taxi y se detiene justo aquí, en el círculo frente a la entrada, y sus puertas se abren. Todas las puertas, al mismo tiempo.

Y no me importa que esté nevando; abro la ventana porque ahí están ellos.

Mabel, Ana y Javier y el taxista, abriendo la cajuela.

—*¿Están aquí?* —grito.

Miran hacia arriba y saludan. Ana me sopla beso tras beso. Salgo corriendo de mi habitación y bajo las escaleras. Me detengo en el descansillo y miro por la ventana porque en los segundos que han pasado estoy segura de que debo de estar imaginando esto. Mabel se fue al aeropuerto esta mañana.

Debería de estar en San Francisco ahora. Pero ellos siguen aquí, Mabel y Ana con maletas junto a sus pies y bolsas colgadas de los hombros. Javier y el conductor batallan con una enorme caja de cartón en la cajuela. Regreso a la escalera, voy hacia abajo, abajo, me salto escalones. Podría estar volando. Y luego estoy en el vestíbulo y ellos se acercan. El auto se está yendo, pero ellos siguen aquí.

—¿Estás loca? —pregunta Mabel. Pero estoy llorando tanto que no puedo responder. Y estoy tan llena de felicidad que no me avergüenza haberlos obligado a hacer esto.

—*¡Feliz Navidad!*[1] —dice Javier, recargando la caja contra la pared y abriendo los brazos ampliamente para abrazarme, pero Ana llega a mí primero, sus brazos fuertes me estrechan, y luego todos están a mi alrededor, todos ellos, brazos por todas partes, besos sobre mi cabeza y mis mejillas, y yo estoy diciendo gracias una y otra vez, lo digo tantas veces que no puedo detenerme hasta que sólo los brazos de Javier quedan a mi alrededor y susurra "shhh" en mi oído, me soba la espalda con su cálida mano y dice: "Shhh, *mi cariño*,[2] estamos aquí ahora. Estamos aquí".

---

[1] En español en el original. [N. de la T.]

[2] En español en el original. [N. de la T.]

capítulo treinta

Una vez en el piso de arriba, nos dispersamos y nos ponemos a trabajar. Mabel los guía a la cocina y yo los sigo, exhausta pero rodeada de luz.

—Las ollas y sartenes están aquí —dice—. Y aquí están los utensilios.

—¿Las charolas para hornear? —pregunta Ana.

—Buscaré —dice Mabel.

Pero yo recuerdo dónde están. Abro el cajón bajo el horno.

—Aquí —digo.

—Necesitamos una licuadora para el mole —dice Javier.

—Yo empaqué la batidora de inmersión en mi maleta —le dice Ana.

Él la toma en sus brazos y la besa.

—Chicas —dice Ana, todavía en su abrazo—. ¿Podrían poner el árbol? Nosotros acabaremos la lista de compras y prepararemos todo para comenzar. Tenemos como una hora antes de que regrese el taxi.

—Encontré un restaurante —me dice Javier—. Un menú especial de Nochebuena.

—¿Qué árbol? —pregunto.

Mabel señala la caja.

Juntas la cargamos al elevador y subimos al salón de juegos. Tendremos la cena de Navidad ahí en la mesa, nos sentaremos en los sofás y contemplaremos el árbol.

—Podemos dormir aquí —digo—. Y les dejamos mi habitación a tus padres.

—Perfecto —dice.

Encontramos un lugar para el árbol junto a la ventana y abrimos la caja.

—¿De dónde lo sacaron? —le pregunto, pensando en los altos pinos que siempre conseguían y que cubrían con decoraciones pintadas a mano.

—Es del vecino —dice Mabel—. Nos lo prestó.

El árbol viene en partes. Levantamos la sección del centro y luego colocamos las ramas, las piezas más largas abajo y las más cortas conforme subimos, nivel por nivel. Es de oropel blanco, todo cubierto de luces.

—Llegó el momento de la verdad —dice Mabel y lo conecta. Cientos de pequeños focos resplandecen luminosos—. De hecho, es bastante bonito.

Asiento con la cabeza. Doy un paso atrás.

Él cargaba las cajas a la sala con mucho cuidado. Abría las tapas para revelar adornos envueltos en papel de china. Sidra de manzana y galletas de azúcar. Un par de ángeles diminutos colgaban entre su índice y su pulgar mientras encontraba la rama perfecta. Algo se me atora en el pecho. Me duele respirar.

—*Dios Santo* —susurro—. *Ése sí que es un árbol.*

El restaurante es italiano, con manteles blancos y meseros con corbatas negras. Estamos rodeados de familias y risas.

Ana elige el vino y el mesero regresa con la botella.

—¿Cuántos de ustedes van a disfrutar el cabernet esta noche?

—Todos —dice Javier y extiende su brazo alrededor de la mesa como si los cuatro fuéramos un pueblo, un país, el mundo entero.

—Maravilloso —dice el mesero, como si las restricciones sobre el alcohol para menores no existieran durante las festividades o quizá nunca hubieran existido.

Vierte vino en nuestras copas y ordenamos sopas, ensaladas y cuatro pastas distintas. Ningún platillo es espectacular, pero todo está suficientemente rico. Ana y Javier llevan la conversación, llena de bromas tiernas sobre Mabel y sobre ellos, llena de anécdotas y euforia, y después le pedimos a un taxi que nos lleve al supermercado y nos espere mientras corremos por los pasillos y tomamos todo lo de la lista. Javier maldice la selección de canela, dice que no tienen canela auténtica, Ana tira un cartón de huevos que se rompen con estrépito al tocar el piso y el líquido amarillo gotea hacia afuera. Fuera de eso, conseguimos todo lo que buscábamos y nos vamos, apretujados en el taxi con nuestras compras y con la calefacción al máximo, de vuelta al dormitorio.

—¿Podemos ayudar en algo? —pregunto después de desempacar las bolsas de las compras en la cocina.

—No —dice Javier—. Lo tengo todo bajo control.

—Mi papá es el jefe esta noche. Mi mamá es su ayudante. Nuestro trabajo es no estorbar.

—Me parece bien —digo. Entramos al elevador, pero ninguna presiona el número de mi piso.

—Vayamos hasta arriba —digo.

La vista debe de ser igual que la primera noche que estuvimos allá, pero me parece más nítida y brillante, y aunque no podemos escuchar a Ana y Javier mientras pican, mezclan y ríen, siento que estamos menos solas.

Pero quizá no tiene que ver con Ana y Javier para nada.

—¿Cuándo decidiste hacer esto? —le pregunto.

—Creímos que vendrías a casa conmigo. Ése era nuestro único plan. Pero cuando nos dimos que cuenta de que la probabilidad de no convencerte era grande, decidimos que podíamos hacer esto.

—Anoche —digo—. Cuando estabas hablando por teléfono...

Ella asiente.

—Estábamos planeando todo. Ellos querían que te dijera, pero sabía que si lo hacía, podrías ceder y regresar antes de estar lista —posa la mano sobre la ventana—. Todos te entendemos. Tiene sentido que no quieras regresar aún.

Retira su mano, pero la huella sigue ahí, una mancha de calor sobre el vidrio.

—Cuando estaba esperando a mis padres en el aeropuerto, no dejaba de pensar en algo que quería preguntarte.

—Okey —digo.

Ella guarda silencio.

—Adelante.

—Me preguntaba si hay alguien aquí que te interese.

Está sonrojada y nerviosa, pero intenta esconderlo.

—Oh —digo—. No. No he estado pensando en esas cosas.

Parece decepcionada, pero lentamente, su expresión cambia.

—Piénsalo —dice—. Debe de haber *alguien* por ahí.

—Lo estás haciendo otra vez —digo—. Esto es como lo de Courtney y Eleanor.

Niega con la cabeza.

—No es así. Es sólo que yo... Me haría sentir mejor. Te haría sentir mejor también a *ti*.

—No necesito estar con alguien para aceptar el hecho de que tengas novio. Ya está bien.

—Marin. Sólo te pido que lo pienses. No digo que debes tomar una decisión importante o enamorarte o hacer algo que complique tu vida.

—Estoy bien como estoy.

Pero no se da por vencida.

—Vamos —dice—. *Piensa.*

Ésta es una universidad en Nueva York —no una escuela católica— y muchas chicas aquí llevan pulseras de arcoíris o prendedores en forma de triángulo rosa, muchas de ellas hablan con naturalidad de sus exnovias o describen a la presidenta del programa de estudios de género como sensual. Nunca me les he unido, pero sólo porque no hablo de cosas que he dejado atrás. Pero lo he notado, supongo, aunque he intentado aislarme. He notado a un par de chicas a pesar de mí misma.

—Estás pensando en alguien —dice Mabel.

—No realmente.

—Cuéntame —dice.

Puedo ver cuánto quiere que lo diga, pero no quiero. Incluso si *hubiera* alguien, ¿cómo podría seguir convenciéndome a mí misma de que estoy bien con tan poco, de que todo lo que necesito es la amistad de Hannah y la alberca, datos científicos, mis tazones amarillos y un par de botas de invierno prestadas, si dijera el nombre de una chica en voz alta? Se convertiría en algo que desear.

—¿Es bonita?

Es demasiado oírlo de su boca, la expresión de sus ojos es demasiado franca y yo estoy demasiado abrumada para responder. Supongo que necesita esto —que ambas sigamos adelante—, pero para mí se siente como otra pérdida. Pensar que una chica nueva es bonita, no como mucha gente en el mundo es bonita, sino bonita de un modo que podría significar algo para mí. Mirar en los ojos oscuros de Mabel, intentar no quedarme viendo su boca rosada o su cabello largo y decir eso. Pensar que una chica que es casi una desconocida podría ser la siguiente persona que ame. Pensar que ella podría ocupar el lugar de Mabel.

Pero pienso en el calor de Mabel en el sofá cama. Pienso en su cuerpo contra el mío y sé que mucho de lo que sentí esa noche era ella, pero otro tanto no. Quizá ya estoy esperando ese sentimiento otra vez, con alguien distinto. Quizá simplemente no lo sabía.

Algo en mí se está abriendo y la luz que sale por ahí es tan brillante que duele. El resto de mí sigue aquí, herido, aunque sé que todo es para bien.

—Esa noche en la playa —dice Mabel—. Y los días que siguieron hasta que terminó la escuela y a lo largo del verano...

—¿Sí?

—Pensé que nunca amaría a nadie más.

—Yo también pensé eso.

—Supongo que debimos hacerlo.

—No estoy segura de eso —digo.

Cierro los ojos. Aquí estamos en Ocean Beach. Aquí está la botella de whisky en la arena y el sonido de las olas rompiendo y el viento frío y la oscuridad y la sonrisa de Mabel contra mi clavícula. Aquí estamos en ese verano espectacular. Ahora somos personas distintas, sí, pero esas chicas eran magia.

—Me alegra que lo hiciéramos —digo.

—Supongo que tienes razón. Hubiera sido más sencillo, pero ya sabes...

Nuestros ojos se encuentran. Sonreímos.

—¿Vemos una película o algo?

—Sí —digo.

Echamos un último vistazo hacia la noche a través de la ventana y deseo en silencio que todos afuera tengan este tipo de calor. Luego estamos en el elevador. Las paredes de caoba, el candelabro. Las puertas nos encierran y comenzamos el descenso. Y cuando se abren estamos en el salón de juegos, de pie frente a un árbol de oropel, resplandeciente y blanco. No es para nada como los abetos del abuelo, pero es perfecto a su manera.

—Quienquiera que ella sea, quizá la conozca algún día —dice Mabel.

—Quizás algún día.

Lo digo con muy poca certeza, pero quién sabe, supongo que podría ser. *Algún día* es una expresión muy vaga. Podría significar mañana o dentro de décadas. Si alguien me hubiera dicho mientras estaba acurrucada bajo las cobijas del motel que Mabel y yo estaríamos juntas de nuevo algún día, que yo le contaría la historia de lo que sucedió y me sentiría un poco mejor, un poco menos temerosa, no lo habría creído. Y sólo han pasado cuatro meses desde entonces, lo cual no es una espera larga para "algún día".

No digo que quizá conoceré a Jacob, aunque sé que debería. Es más probable y más inminente. Pero no puedo decirlo aún.

—Mira —Mabel está frente al televisor, buscando entre las opciones de películas—. *Jane Eyre*. ¿Has visto ésta?

Niego con la cabeza. Sólo he visto la versión en blanco y negro.

—¿Qué opinas? ¿En honor a nuestra noche sin electricidad? —dudo y dice—: Podemos elegir algo más ligero.

Pero ¿por qué no? La historia ha estado en mi mente y la conozco muy bien. No habrá sorpresas, así que digo que sí.

Comienza con Jane de joven, corriendo desde Thornfield, llorando. En otra toma, está sola frente a un paisaje sombrío. Un cielo en llamas, relámpagos, lluvia. Cree que morirá. Luego la película retrocede en el tiempo y es una niña pequeña y nos enteramos de cómo comenzó todo.

El abuelo ponía el árbol cada año. Sacaba las decoraciones que habían comprado su esposa muerta y su hija muerta y aparentaba ser un hombre que había perdido demasiado y sobrevivido. Él aparentaba, por mí, que su mente y su corazón no eran lugares oscuros y complicados. Aparentaba que vivía en una casa conmigo, su nieta, para quien horneaba, a quien muchas veces llevaba a la escuela y daba importantes lecciones sobre cómo eliminar manchas y ahorrar dinero, cuando en realidad vivía en una habitación secreta con los muertos.

O quizá no. Quizás es más complicado.

Hay grados de obsesión, de consciencia, de dolor, de locura. Esos días y noches en el cuarto del motel sopesé cada uno. Intenté darle sentido a lo que había sucedido, pero no lo lograba del todo. Cada vez que pensaba que comprendía, alguna línea de lógica se rompía y me lanzaba de vuelta a la incertidumbre.

Es un lugar oscuro, la incertidumbre.

Es difícil rendirse ante eso.

Pero supongo que ahí es donde vivimos la mayor parte del tiempo. Supongo que es donde *todos* vivimos, así que quizá no sea tan solitario. Quizá me pueda acostumbrar a eso, acurrucarme ahí, crear un hogar dentro de la incertidumbre.

Ahora Jane está en el lecho de muerte de su cruel tía. La perdona y regresa a casa. Y aquí está el señor Rochester, que la espera con todo su heroísmo byronesco. Ella no sabe si confiar en él o temerle. La respuesta es ambas. Hay tanto que él no le ha dicho aún. Está su esposa, encerrada en el ático. Hay tantas mentiras por omisión. Está su engaño, la forma en que aparentará ser alguien más y encontrará un camino torcido hacia su corazón. La asustará. Ella tendrá razón en asustarse.

Hay tanto que pude haber descubierto si hubiera ido a casa después de la comisaría. Pude haber mantenido selladas las ventanas para que su fantasma no entrara y revisar todas las cosas de mi madre. Pude haber tocado cada fotografía. Pude haber peinado sus cartas para encontrar pistas sobre ella. Seguro había indicios del pasado en ellas, entretejidos con los sueños del abuelo sobre su vida en Colorado. Debía de haber tanto sobre ella que descubrir, incluso si la mitad de eso no era verdad.

—Aquí viene —dice Mabel.

Yo también la siento acercarse: la propuesta. Primero la angustia y luego el amor. Rochester no la merece, pero la ama. Dice las cosas de corazón, pero es un mentiroso. Espero que esta película respete las palabras que escribió Brontë. Son tan hermosas. Y sí, aquí están:

—"Tengo un sentimiento extraño respecto a usted. Como si hubiera una cuerda en algún lugar debajo de mis costillas izquierdas, atada con firmeza a una cuerda similar bajo las suyas. Y si usted se alejara de mí, me temo que esa cuerda de comunión se rompería. Y tengo la sensación de que empezaría a sangrar por dentro."

—Como la vena en *Las dos Fridas* —susurra Mabel.

—Sí.

—"Soy un ser humano libre con una voluntad independiente, que ahora ejerzo para dejarlo" —dice Jane.

Y quizá debería hacerlo, quizá *debería* irse. Ya sabemos que le ahorraría algo de aflicción. Pero en este momento se siente mucho mejor decir que sí, quedarse, y Mabel y yo nos dejamos llevar por el momento. Por unos cuantos minutos, Jane cree que será feliz, y yo intento creerlo también.

Cerca del final de la película, Ana y Javier entran a la habitación con regalos envueltos en los brazos. Los colocan bajo el árbol y nos miran mientras Jane camina entre las ruinas de Thornfield para encontrar a Rochester de nuevo.

Se van cuando comienzan a rodar los créditos y luego regresan con más regalos.

—¿El paquete sigue en tu mochila? —le pregunto a Mabel.

Ella asiente y lo encuentro. Parece inacabado junto a la envoltura festiva de los regalos que trajeron ellos, pero me alegra tener algo que darles. Ahora me doy cuenta de por qué Mabel quería esperar para abrir el suyo y me da tristeza no tener otra cosa que darle.

Javier se ríe del árbol blanco. Sacude la cabeza.

Ana se encoge de hombros.

—Es *kitsch*. Es divertido.

Nos hundimos en un silencio. Puedo sentir lo tarde que es.

—Mabel —dice Javier—. ¿Puedes venir conmigo un momento? —y de pronto sólo somos Ana y yo en el sofá junto a las luces brillantes. Y cuando Ana gira hacia mí, me doy cuenta de que nuestra privacidad estuvo planeada.

—Hay algo que quiero decirte —dice.

Se le corrió el rímel de los ojos, pero no se ve cansada.

—¿Puedo? —pregunta y toma mi mano. Yo aprieto la suya, esperando que me suelte, pero no lo hace.

—Yo quería ser tu madre. Desde la primera noche que te conocí, eso quería.

Todo en mí comienza a zumbar. Mi cuero cabelludo y mis dedos y mi corazón.

—Entraste a la cocina con Mabel. Tenías catorce años. Ya sabía un par de cosas sobre ti, la nueva amiga de mi hija, llamada Marin, que vivía sola con su abuelo, y a quien le gustaba leer novelas y hablar sobre ellas. Te miré observar a tu alrededor. Tocaste la paloma pintada sobre el lavabo cuando pensaste que nadie te veía.

—Ya no me gusta —digo de repente.

Ella parece confundida.

—Leer novelas —digo.

—Probablemente vuelva a gustarte. Pero si no, no importa.

—Pero y ¿si sí?

—¿Qué quieres decir?

—¿Qué tal si no soy esa niña que entró a tu cocina?

—Ah —dice—. Okey. Ya veo.

El calentador ruge; el aire caliente sopla. Ella se recarga hacia atrás para pensar, pero todavía sostiene mi mano con fuerza.

Le estoy haciendo todo más difícil. Lo único que quiero es decir sí.

—Mabel nos contó todo. Acerca de ustedes dos. Acerca del abuelo y cómo murió. Sobre lo que descubriste después de que se fue —los ojos se le llenan de lágrimas que se derraman, pero parece apenas darse cuenta de ello—. Tragedia. Pena —se detiene y luego se asegura de que la estoy viendo—. *Traición* —sus ojos se clavan en los míos—. ¿Entiendes?

Me esperaron en el vestíbulo de la comisaría y yo me fui por la puerta trasera. No los llamé ni una vez. Obligué a Mabel a venir a buscarme y ahora los hice venir también a ellos.

—Lo siento mucho —digo.

—No, no —dice ella, como si le hubiera pedido vestir lencería en el baile de la escuela—. Nosotros no, tú. *Tú* fuiste traicionada —dice.

—Oh.

—Todas estas son cosas que cambian a una persona. Si las superamos y no hemos cambiado, entonces algo está mal. Pero ¿la recuerdas? ¿La paloma en mi cocina?

—Por supuesto —digo. Pienso en lo bella que es su cabeza. Pienso en sus alas de cobre.

—Tú sigues siendo tú —dice Ana—. Y todavía quiero ser tu madre. Estuviste sola por más tiempo del que te diste cuenta. Él hizo lo mejor que pudo. Estoy segura. Te amaba. No cabe duda. Pero desde esa noche cuando nos llamaste a Javier y a mí para pedir ayuda hemos estado esperando el momento para decirte que te queremos en nuestra familia. Te lo habríamos dicho esa mañana, pero no estabas lista.

Me limpia las lágrimas del rostro, pero aparecen más.

—Di que sí —dice.

Me besa la mejilla y mi corazón se llena de amor, me duele el pecho.

—Di que sí.

Me acomoda el cabello detrás de la oreja, lejos de mi rostro húmedo. No puedo dejar de llorar. Esto es más que una habitación con mi nombre en la puerta. Más que vasos de agua de su cocina.

Me abraza hasta que soy más pequeña de lo que pensé que podía ser. Hasta que encajo en su pecho y mi cabeza se acurruca donde su cuello se une con su hombro. Y ahogo un grito porque acabo de recordar algo.

Pensé que Ocean Beach serviría, o quizá las conchas rosas, o mirar fijamente su fotografía. Pensé que alguna de estas cosas, algún día, podrían ayudarme a recordar.

Pero sucede ahora.

El cabello salado de mi madre, sus brazos fuertes, sus labios en la parte superior de mi cabeza. No recuerdo el sonido de su voz ni sus palabras, pero sí la sensación que provoca su canto, las vibraciones de su garganta sobre mi rostro.

—Di que sí —dice Ana.

Mi mano diminuta agarrada de su camiseta amarilla.

La arena y el sol.

Su cabello como una cortina que me da sombra.

Su sonrisa cuando me mira, ardiente de amor.

Es todo lo que recuerdo, y lo es todo.

Sigo jadeando. Abrazo a Ana con fuerza. Si me suelta, el recuerdo podría irse con ella. Pero me abraza por un largo rato y luego toma mi rostro entre sus manos y dice:

—Di que sí.

El recuerdo sigue aquí. Aún puedo sentirlo.

Y tengo otra oportunidad y la tomo.

—Sí —digo—. Sí.

Estábamos en la playa, el sol brillaba y yo estaba en los brazos de mi madre. Ella me cantaba. No puedo oír la canción, pero puedo escuchar el tono de su voz; cuando dejó de cantar, recargó su rostro sobre mi cabeza. El mundo entero estaba ahí afuera. Abejas y árboles caducifolios. Albercas y supermercados. Hombres con ojos vacíos, campanas en puertas de cafeterías, moteles tan sombríos y solitarios que te calan los huesos. Mabel, Ana y el hombre en el que se convertiría el abuelo, o que quizá ya era. Cada "algún día" y cada beso. Cada tipo específico de corazón roto. El mundo entero estaba ahí afuera, pero yo estaba en los brazos de mi madre y aún no lo sabía.

agradecimientos

Unos meses después de la muerte de mi abuelo, en una época en la que lloraba cada vez que pensaba en él, mi esposa Kristyn me dijo: "Te tengo una idea para una historia. ¿Y si escribes sobre una chica que vive cerca de Ocean Beach con su abuelo?". La idea se me quedó. En el primer aniversario de su muerte, nació nuestra hija, Juliet. Luego, a principios del verano, cuando era una bebé, salí a caminar sola a nuestra cafetería local y de pronto las voces de Marin, Mabel y el abuelo llegaron a mí en fragmentos de diálogo y percibí la nostalgia de Marin. Creo que Kristyn tenía otro tipo de historia en la cabeza, porque el amor que compartimos mi abuelo y yo no era complicado, y con la excepción de su afición por las bromas y los juegos de cartas, tenía poco en común con el abuelo de esta historia. Escribí la novela en un momento de cambios difíciles y desilusión que contrastaba con el doloroso y mágico amor de nuestra nueva familia, y este libro es la culminación de todo eso. Kristyn, gracias por las semillas de esta historia y por tu amor feroz e inquebrantable. A mi amable, curiosa y salvaje Juliet, gracias por hacerme la persona que pudo escribir esta novela.

Agradezco sinceramente a mi grupo de escritura —Laura Davis, Teresa Miller y Carly Anne West—, quienes me aseguraron desde el principio que, a pesar de mis temores, este libro no consistía sólo en preparar alimentos y lavar tazones. Gracias a Jules LaCour por su ayuda con el español y a Adi Alsaid por compartir su bagaje cultural. Gracias a Jessica Jacobs, mi compañera de crítica original, por la invaluable lectura final, y a Amanda Krampf por las miles de conversaciones a lo largo del camino.

A mi familia de Penguin, para cuando esta novela sea publicada, cumpliremos diez gloriosos años juntos. Gracias a Julie Strauss-Gabel por, entre muchas otras cosas, el regalo de esa larga plática en un almuerzo en San Francisco, durante la cual me ayudaste (una vez más) a desenterrar el corazón de mi historia y a creer que era suficiente. Esto es por muchos libros más juntas. Mi enorme y eterna gratitud al equipo de Dutton: Melissa Faulner, Rosanne Lauer, Anna Booth y Anne Heausler; a las diseñadoras que dieron a esta historia una envoltura tan hermosa: Samira Iravani y Theresa Evangelista, y mi increíble agente Elyse Marshall. Y gracias a todos ustedes que, ahora que el libro está terminado, se están asegurando de que encuentre un lugar en librerías, bibliotecas, escuelas e internet. Ustedes hacen magia.

Sara Crowe, soy muy afortunada de tenerte a mi lado. Gracias por todo lo que haces.

Por último, a mi familia y amigos, estoy agradecida con cada uno de ustedes.